雨中的月亮

Moon In The Rain

葉天祥 著

推薦語

台灣的高科技產業從民國七十年左右開始起飛。經過四十多年的努力，在各個領域，從最上游的原料到最終端的成品與服務，都曾經造就出一方的霸主。

然而「創業維艱，守成不易」。好不容易「平天下」之後，驀然回首，才發現創業夥伴們大多在提取征戰紅利之後另起山頭，而由新的搭檔配合來「治國、齊家」。

「大江東去，浪淘盡，千古風流人物」。場景不同、時間有異，但浪花總是一次又一次無情的淬鍊風流，又淘盡英雄。且看作者如何詮釋高科技業「亂石崩雲，驚濤裂岸」的掙扎和恩怨，與「小喬初嫁了」的人間眷戀。

友訊集團總裁　李中旺

激起內心深處波濤的平凡故事。

讀了這本小說，複雜的心情久久無法平息。這是一個可能發生在你我生活周遭的平凡故事；就是因為這樣，才顯得那麼真實，那麼直接地打動人心。

每個人的生命過程中都有過如同作者描述的那種「糾纏的感情、喜悅或懊悔」。人生不就是由這些故事與心情所組成的嗎？

在讀這本書的時候，還有另一種心情，那就是驚訝與佩服。作者葉天祥是我中學的同學，後來就讀第一志願的台大電機，也是台大電機研究所的組榜首。這樣的高科技天才，卻能夠完全不留科技的氣息，透過平凡的故事，深刻地描繪出現代人的情感與羈絆。或許在充滿科技的現代生活中，這樣的情感正是大家需要的，不是嗎？

臺灣科技大學　講座教授／前人文社會學院院長
黃國禎

我喜歡看小說。喜歡隨著小說裡的人物，一起悠遊在作者精心策畫的場景，跟著他們經歷精采的故事。天祥是我的大學同學，我們有相似的求學歷程，甚至畢業以後，有類似的工作經驗。天祥去年斜槓出了第一本小說「蒼白的臉」，我拜讀以後大為驚豔，那是我到目前為止，看到唯一一本以台灣高科技電子業為背景的小說，描繪辛勤工作的科技人的愛情故事。天祥再接再厲推出第二本小說「雨中的月亮」了，劇情比第一本更曲折深入，令人著迷。我大聲敲碗期待中，也要大力推薦給大家。

是德科技　業務經理　陳崇濤

在適當的時候愛上適當的人，然後攜手一生，是圓滿的愛情。
但是有的愛情來得太早、有的來得太晚……

無法圓滿的愛情，最是淒美！

天祥兄筆下的女主角，還都在花朵盛開後殞落。連讓主角在遲暮之年重逢，道歉道謝道愛道別的機會都不給！徒留無法彌補的回憶，不勝唏嘘。

台中市自閉症教育協進會　理事長　黃穎峰

真情流露的文筆，溫暖的思緒由字裡行間傳染出來，很感動人心。很感謝有機會先睹為快，也期望天祥繼續創作更多迷人的故事。

寶儷明股份有限公司　董事長　張文遠

天祥雖是念電機系的科技人，卻有細膩獨特的觀望眾生的視野、和體察人性的心思。擅長說故事，且看他把初入職場的辦公室戀情娓娓道出……那第一次總在心中佔著不可取代的位置、永難忘懷！

長庚大學化工與材料工程系　教授　呂幸江

目次

一、兄弟飯店的重逢

卡蘿輕聲跟我說：「你知道雪莉已經過世了嗎？」

「妳說什麼？」我聽得非常清楚，只是完全無法相信。因為太突然太震驚，所以我必須再問一次。

那時我們幾個人正在兄弟飯店二樓的台菜廳用餐，圍坐在一張圓桌。我和卡蘿在這邊，小林先生、吉姆和玲華在另一邊。他們用日語交談，正在興頭上，所以沒有注意到我和卡蘿低聲的對話。小林先生是我以前在日商浦生台灣分公司工作時的第二任總經理，任期結束後回到日本，已經退休。他每隔幾年回台灣舊地重遊，就會找以前熟識，但已經離職的舊部屬出來吃頓飯、敘敘舊。這次他就找了我們四人。吉姆是業務，玲華是採購，卡蘿負責行銷，我則在工程部。我們彼此也是多年未見，這算是一場老同事重聚。

「你不知道她過世吧。」卡蘿平靜地跟我說：「這已經是一年前的事了。」

我的腦海浮起雪莉脣紅齒白的青春模樣，但怎麼也無法把那樣的美麗跟死亡這兩個字連結在一起。我努力從記憶中撿拾雪莉細碎的身影，嘗試去拼湊二十多年前對於她的感情圖像，影像是模糊的，但有一些像甜糖一樣的東西，一下子轉化成熔岩似發燙的傷疤。我是喜歡過雪莉的。因為曾經喜歡，這種愛意與厄運的反差也就劇烈的震出心中極端的難過。

「自從她去了香港，我就沒有再聯絡。」我的心很沉痛：「我不敢相信她這麼年輕就過世。她是怎麼死的？」

「大概是積勞成疾吧，急性肝炎。她去了香港後，在香港結婚、生小孩，原本一路平順。我一直跟她有聯絡，所以，知道的比較多。」

雪莉確實是人見人愛，我記得她跟卡蘿交情也很好。

「天啊，怎麼那麼不幸。她過世時幾歲？」我問。

「四十九歲，沒能過五十這關。還好小孩都大了，一個上大學，一個在高中。原本在香港生活，重病的最後幾個月，回來台灣，由娘家照顧。所以，她是在這裡過世的。」

「唉，怎麼會這樣，雪莉是那麼活潑可愛的一個人哪。」

原本歡樂重聚的夜晚，一下子被悲傷所吞噬，我無處可躲。擺在桌上的我最喜歡的蚵仔肉、蔭鼓蚵、炸豆腐、菜圃蛋，現在完全失去了滋味。

「他們知道這件事嗎？」我用眼神指向對面仍聊得正高興的三個人。

「如果我沒記錯，雪莉是在小林就任之前離職的，而吉姆和玲華則是小林擔任總經理時才進到公司。他們應該都不認識雪莉。」卡蘿說：「應該只有你跟我。」

卡蘿沒在注意對面，但緊盯的眼神一直在我身上。我的臉色必然是很沉重、很難看。她大概是不知道雪莉跟我究竟有多要好，但還是預期我會很震驚。

「去年剛發生時，我也是非常難過，但發生就發生了。這是命吧。」

「雪莉的前半生一直很順遂，兒子女兒都很健康活潑，老公也很愛她。如果只看前半生，至少她活著的時候過得很快樂。這是我所知道的。」

「但人生就是這樣啊，只是她先走。而且說走就走。」

我和卡蘿同時嘆了一口氣，並且沉默下來。這時只聽得餐廳中的騷亂人聲和對面的喋喋日語。吉姆和玲華是留學日本的，而我和卡蘿不是，沒辦法像他們那樣用日語交談。也好，原先的好心情都沒了，就讓一桌子的兩個世界各自分開。重逢的喜悅在那邊，我和卡蘿伴著哀傷，留在雪莉這一邊。

過了一會兒，卡蘿才繼續說話。

「雪莉過世之後，葬在陽明山。明天剛好滿一年，我想上山去看看她。」卡蘿說完後，遲疑了一下，只是看著我，好像在等答覆。我沒有任何反應，還沒從震撼中恢復，仍舊無法思考。最後，她忍不住還是問了。

「你會想去看她嗎？」

我醒過來。明天剛好是週六，並沒有什麼固定的行程。即使有，為了雪莉，我也願意更改。但即使去看她，我所感受的遺憾也不會少一些。

「好，我跟妳去，一起去看看她。」

於是，我和卡蘿約好，明天早上開車到她內湖的家去接她，一起上山。

「內湖你熟嗎？」卡蘿問我。

「我剛進公司時，就是在內湖租房子，一直到結婚才搬離開。」

「那你明天出門時，先打個電話給我，我在巷口等你。」

「沒有問題，我會準時過去接妳。」

這時候對面有點動靜，日語停了，換回中文。我回頭看。餐廳經理走過來和小林先生打招呼。以前公司的舊辦公室在南京東路上，離這裡不遠。公司主管們把這裡當廚房，訪客都帶來這裡用餐。餐廳經理應該跟當年的總經理小林先生很熟。

「好久不見啊，小林先生。」經理說。她和小林先生開始有說有笑，夾雜著英文和中文。突然間小林先生用筷子夾起一塊滷肉，上面沾滿香菜，面對餐廳經理，把整塊肉放到嘴裡，然後用有點生硬的中文說：「我‧喜‧歡‧吃‧香‧菜，我‧是‧台‧灣‧人。」一般日本人不吃香菜的。他這招很有用，餐廳經理開心的笑不停，直拍他肩膀，要他以後回台灣一定要來餐廳吃飯。

「小林先生今年幾歲了？」我問卡蘿。

「他在台灣時就已經五十幾，現在應該是七十出頭囉。」

七十多歲的小林先生依然健朗，還能跟餐廳經理開玩笑，而小他二十多歲的雪莉已經不在。人生如此難料，我感到有些悲哀。

我最初的記憶是如何開始的？在那遙遠的年代，人物斑駁有如發霉的黑白照片一般。然而，對於這一切的源頭，我仍然保有鮮明的印象，黑熊、白熊、桃太郎爺爺，當然也還有令人著迷的雪莉。

一九八九年我剛從學校畢業，還住在宿舍，就開始找工作。六月裡一個白花花的夏日，我照著電話裡的約定，冒著暑熱，來到南京東路。我擦著汗，走進電梯時，白色新買的短袖襯衫已經汗濕。當電梯抵達十四樓，門開，視線裡出現牆上公司名稱的字樣時，櫃檯前站著的就是雪莉。我很驚訝。

「你是葉先生嗎？」這是她的第一句話，臉上掛著迷人的笑容。

「我是電話裡跟你聯絡的雪莉，你好，歡迎你來我們公司。」

我是初出校門覓職的社會新鮮人，絕對沒想到會有人準時在公司門口等我。而且是那麼漂亮可親的一個人。我驚喜地快說不出話了。

「你很準時喔。」雪莉說。

「要先請你到會議室填寫一下資料。」

「天氣很熱，對不對？沒關係，我們公司冷氣很強。」她可能已經注意到我襯衫上的汗，帶點幽默地幫我消暑。

雪莉領著我往會議室區一邊走一邊介紹，我緊緊跟隨，有點緊張，只能以單詞，像「是啊」、「對的」回覆。而我的眼光始終落在雪莉的側臉上。她有著一頭及肩的捲髮，顯然是燙過。瓜子臉，大眼睛，皮膚極為白皙。走近仔細看，還可以注意到兩頰皮下微微的血管顏色。

她最大的特點是有點小暴牙。但當她開口說話時，不會有人覺得突兀，只覺得可愛。那種一下子可以融化人的可愛。

「麻煩你先填一下人事資料，等寫完後，我再過來帶你去面試。麻煩你囉。」

然後，留我一人在一間小會議室裡。我是沉靜了一陣子，才能從剛剛的迷幻情境中脫身。然後，我記起來，我是來應徵工作的，開始振筆疾書。

半個小時後，雪莉再來帶我去大會議室，今天的重頭戲才真正開始。

在有著高背椅和原木長桌的會議室裡，已經有三個人在那裡等著。當我在他們對面坐下，三人分別遞出名片，開始自我介紹。中間坐的，身體高大壯碩但皮膚白潤的是研發中心經理，笹崎先生。右邊坐的，圓臉黑皮膚，尤其引人注意的是張著兩個黑眼圈的是營業技術經理，小泉先生。左邊則是一個明顯上了年紀，一頭花白的傳統日本人。從仍然印著日文的名片看來，是來自日本半導體事業本部的草間部長。

身軀龐大的笹崎先生看起來就像一隻北極熊，黑眼圈的小泉先生簡直就是一隻熊貓，而草間部長當然就是桃太郎老公公。這是他們給我的第一印象。我當然不是調皮的一個人，但有時候想像就是自然地冒出來，完全無法控制。然而我謹慎地按捺住心中有點失敬的狂想，專心開始面試。

整個過程主要由英文最好的白熊先生主導，偶而老先生會以生疏的英文問個簡單問題，而熊貓先生則始終有點疏離的存在著。直到白熊先生問我是要選擇當研發工程師，還是營業技術工程師時？而我選擇後者。熊貓先生才終於醒過來，彷彿輪到他上場似的，突然有了發聲發問的欲望。

面談進行得很順利。不論是技術或個人問題，我都做了詳細的回答。在即將結束之際，桃太郎老公突然問了最後一個問題：「你對日本公司的印象是如何？」

我以近乎閃電回擊的速度說：「日本公司生產世界上品質最好的產品。」

不用複雜的詞句來表述我腦海中的理解，簡單的一句回話，但在那一刻，我看到三個面試官的臉上同時浮起大大的微笑。我想他們對今天的面試應該感到很滿意。

我在謝過他們三位後，就起身離開會議室，但心情很好。

雪莉又出現在門口，一樣令人感到愉悅。愉悅到讓我後來回想，想不出來她問我那些問題時，究竟我是怎麼回答的。

「面試過程還好嗎？」雪莉張著大眼睛問我。

「草間部長從日本來，我不認識，但是其他兩位都是很Nice的主管。」雪莉繼續說。

「我們公司很不錯喔，福利很好，你喜歡嗎？」

「你應徵了幾家公司？有沒有考慮來我們公司？」

我們站在電梯口前小聊了一陣子，最後雪莉以這句話作結束。

「希望我們有機會成為同事。Bye。」

雪莉特有的那種俏皮的腔調，搭配可愛的小暴牙笑容，擄獲了我的心。在進電梯的那一刻，我就下定主意。不管其他公司的面試結果如何，薪水高低，只要浦生公司要錄用我，我一定會來就職。我想，我有機會愛上雪莉的。

第二天我開了車依約到內湖接卡蘿。我不知道墓園在哪裡，而卡蘿顯然是仔細查過地圖。所以，我照著她的指示往中山北路走，經過天母北路，然後拐進行義路。到這一帶為止，我還算熟悉。有幾次帶著客人到這裡的溫泉餐廳吃飯泡湯，但我從來沒有往裡頭再走下去。

我們繼續往前開，最後在一個遊客中心前面，有綠蔭的停車場停了車。然後，徒步往上走。卡蘿說，這是陽明山的花葬區。雪莉是花葬。

「我只聽說過，但從來沒來過。」我跟卡蘿說。

「我也是第一次來。」卡蘿回。

「開車不遠，青山環繞，這地方還不錯。」我說。

說實在的，看起來就像個鋪滿草坪的小公園，只是不在熱鬧的城市，而是寧靜的座落在優美的山谷之中。

我們按照卡蘿手機中的照片找到屬於雪莉的角落時，除了遠處有個穿了一身黑的中年男子正拿著手機觀看，好像在沉思，沒有其他人。那人大概也是訪客，我想。地底下安睡的是我們曾經一起生活，如今只能在回憶中懷念的人。

卡蘿把她帶來的一束鮮花擺在雪莉的位置上。我什麼都沒帶，除了想念。

「雪莉歌唱得很好，對不對。」我說。

「你還記得啊，她確實很會唱歌。」卡蘿回我。

「我還記得她在聖誕晚會中，馬克副總彈吉他，和她一起合唱〈Scarborough Fair〉的模樣。我是在那時知道，她唱歌很好聽的。」

「這我倒忘記了，是哪一年的聖誕晚會？」卡蘿問。

「我到公司的那一年。」關於雪莉的記憶，都集中在我初到的第一年。後來因為一些人加入追逐的戰局，沖淡了我的印象。

「年輕的雪莉非常漂亮，很多人喜歡，包括你們部門好幾個。」卡蘿說。

「沒錯。」我說。我也曾經是其中之一啊。

「可惜沒有人追到她，結果讓她溜到香港去了。」卡蘿說。

就在這時候，我注意到園區入口的牌樓底下出現兩條人影，由遠而近慢慢地變清晰。前者微胖，後面跟隨的稍為矮一些。等他們靠近到面容幾乎可以辨識的程度，我又嚇了一大跳。雖然二十多年沒見，大家都老了許多，但容顏依然認得出來。走在前面的好像是摩里斯。那麼，跟在後面的難道是安雄？

我睜著疑惑的雙眼回頭看著卡蘿，找答案。

「應該是摩里斯和安雄，沒錯。」卡蘿說：「很不好意思，我沒有先跟你說。」

「原本我是跟他們兩個約好要來看雪莉的。」

「昨天晚上聚會，我只是順便跟你提一下。沒想到你也想來看雪莉，而且一口就答應。」

「希望你不會介意。」

「你們都是同一個部門的人。」

「雖然，我知道你跟安雄有些過節。」

「過節？」我很訝異：「我跟他之間沒什麼過節啊。」

「我是說長訊公司那件事，雖然有些不愉快，但都已經過去那麼多年了。」「應該可以放下了吧。」卡蘿注視著我，臉上顯現小心委婉的顏色，看得出來她的用心。

「那是工作上的事，公事公辦，只能照著公司的指示做，我也沒有辦法。」

「已經過去二十多年了，我也早就沒有放在心上。」雖然我這麼回，但是不確定自己心中是否完全沒了芥蒂。

「我們一起回來看雪莉，她跟你們這幾個一直很要好，她一定很高興。不愉快的事就讓它過去吧。」

如果卡蘿事先跟我說，他們兩個也會到，那麼我還會來嗎？我可以瞭解卡蘿的顧慮。但再怎麼說，我們是同事，曾經一起打拼，曾經有過共有的美好回憶。我在內心裡告訴自己，一切不愉快都不存在，跟著雪莉走了。

兩個人走到我們面前，摩里斯先開口：「葉桑，好久不見。有二十多年囉。還好吧？」

摩里斯是個有趣的人，以前在公司裡就常講笑話，是我們部門的開心果。他離開公司之後，換去一家生產手機的大廠工作，聽說做的還不錯。

「摩里斯，好久不見。聽一些老同事說，你在那家美商很受重用喔。現在是處長，是不是？很厲害喔。」我帶著笑意問他。

「沒有啦，就是混口飯吃。你知道的啊，在美商工作，皮要繃緊一點。不這樣做，哪天突然間莫名其妙就被炒。」摩里斯也是笑意回我。

和摩里斯簡單寒暄之後，接下來似乎就輪到安雄了。但是空氣裡突然湧現一絲僵意。安雄從來不是個多話的人，今天仍舊一貫的沉默，臉上只是帶著淡淡的微笑。

還是我先開了口：「安雄，你也好久不見。聽別人說，你後來自己開了一家店，當了老闆，而且還經營的不錯。」

「葉桑，沒有啦，只是一家小店。生意還算可以。」然後原本他臉上的微笑，轉成有點靦腆的笑容。如果在以前，我會這樣評論，他是個勤勞努力，而且老實可靠的人，但現在我不知道該如何來描述他。

「小孩都大了嗎？」我記得聽別人說過，安雄早已經結婚生子。

「都已經上大學了。」

「我的也是。當年我們進公司時，都還是單身哪。時間過得真快。」我說。

在此刻，我們把過去的一切都暫時忘掉，只剩下對歲月的感嘆。

「你們部門重聚了，隔了這麼久。」卡蘿在一旁說。

「也不能這麼說，我們還有艾咪、朱利安、馬丁，好幾個工程師。」我說。

「但你們部門主要是你們三個建立起來的，不是嗎？」卡蘿說。

這樣講是沒錯。我們三人是部門裡最早的工程師，創建了最初的工作制度。但那已是二十多年前的事，像個早已經被遺忘的故事。然而卡蘿還記得，她真是個有心人。

我們再簡單聊了一下個人之事後，就回到雪莉身上。一下子大家沉默下來。也許是懷念她，更可能的是無法或不願面對這樣的結果。卡蘿提議，輪流講點有關雪莉的趣事，也算是好友一場的紀念儀式。於是，四個人之間又恢復一點生氣。雪莉的個性有點迷糊，搞錯時間、弄錯人的事蹟還蠻多的。尤其摩里斯常拿雪莉開玩笑，所以他講出來的故事也特別多。

至少有一群人，在雪莉過世後一年，仍然懷念著她。

再待一會兒，該說的話也說完了。於是，我們一起走回停車場，互道再見後，就分別離開。我開車載著卡蘿回家。在車上，我沉默的時候居多。情緒有點複雜。

快到卡蘿家巷口時，卡蘿好像想到些什麼，突然問了我問題：「咦，對了，你住在三重的表姊，過得怎樣？是不是結婚了？」

「我三重的表姊？」我感到困惑：「妳怎麼認識我三重的表姊？」

「你都忘記了。那次公司旅遊去澎湖，我和你表姊住同一個房間，所以我認識你的表姊啊。」

「她是個很好很溫柔的人。怎麼樣？她還好嗎？」

我再次感到震驚，原來是那個三重表姊，確實有去澎湖旅行，確實是有這樣一件事。可是我卻不知道如何回答，遲疑了一下。顯然我的表情也讓卡蘿感到疑惑。

「你不是跟你表姊很好？沒有聯絡嗎？」

我再不回答，就有點奇怪了。我跟三重表姊的感情確實很好，但是怎麼回答呢？

「她後來結婚了，搬到國外住，所以我們比較少聯絡。」我下意識地回答。

「喔，原來如此。那在國外過得還好吧？」

「應該是很幸福。」近於反射式的回覆。

「那就好。很好的結果。」說完，卡蘿家的巷子到了。她跟我說了再見，就下車離開。

當她的背影消失後，我突然覺得全身無力，無法繼續開車。所以雙手抱著頭頂著方向盤，並閉起眼來。那些故意被疏遠、被掩埋的記憶，貿然竄出，像海嘯一樣席捲而來，毫不留情地把我吞沒。兩天之前，我有平順的工作、完美的家庭，一切都那麼美好。現在我突然發現自己陷溺在記憶之海中，快要滅頂。雪莉死了，安雄現身，而三重的表姊回來。這實在是太多、太多了，已經超過我所能承受。

究竟這一切是怎麼發生的？又如何結束？我的思緒直往那個夏天回去。我不是在找線索，而是在各種糾纏的感情、喜悅或懊悔之中，尋找最初的自己。

二、飛往東京的路上

面試過後一週我就接到雪莉的電話通知，安排我二次面試。等我按照時間來到公司，原本的會議室卻只剩下熊貓先生一人。而且他的態度也不像在面試，比較像上司在交代部屬即將負責的工作。

我想我是被錄取了，心裡很高興，但完全不敢顯現在臉上，仔細地聽著熊貓先生的每一句話。他的日式英文並不容易懂，所以有時我必須打斷談話，重複加以確認。而確實也有確認的必要，因為他交付給我的工作超過我的預期。

我的業務就是晶圓代工（Silicon Foundry）。我的任務就是要在台灣尋找合適的IC設計客戶教他們怎麼設計IC，帶他們到東京的浦生設計中心，完成最後的驗證工作，然後交給日本的IC工廠量產。

雖然是短短的幾句話，熊貓先生花了一個多小時詳細解釋。但這還不是今天會談真正的重點。

「我們已經有一個客戶現在正在東京的浦生設計中心工作。」熊貓先生說。

「麥可現在正在那裡支援他們。」

「喔對了，麥可是你的直屬主管。他很需要你的幫忙。」

有點出我意外，原來我還有一個尚未見過面的台灣人上司。熊貓先生給我看麥可的照片，要我辦護照買機票到東京支援他。他是認真的。因為他開始跟我解釋如何去東京，怎麼從新宿搭中央線電鐵到位於市郊的浦生設計中心。

我從來沒出過國，沒想到踏入社會的第一步，就是要出國。我有點興奮，又有點擔心。不知道日本是怎樣的一個國家，將來會遇到什麼樣的困難。

接下來幾天，雪莉協助我準備各式各樣的文件，個人資料、財力證明、公司營業登記和公司保證函。保證我出國後一定會回來，因為還是役男，出國必須獲得入出境管理局的許可。我是有點手忙腳亂，還好有雪莉。我發現她不只是漂亮而已，而且細心勤快，幫了我許多忙。我對她的好感又增加一些。

六月底第一天上班，報到之後就領了護照和機票。雪莉帶著我熟悉公司環境、認識公司同事，除此之外，什麼都不用做。專心準備第二天要出國。熊貓先生再一次跟我仔細交代。

「如果你在成田機場找不到賣Limousine巴士車票的櫃台，可以拿這張紙片問人。」

他拿出一張卡片，正面寫著「Where to buy the limousine bus ticket？」，另一面是我看不懂的日文翻譯。當然不只這一張。他手中一小疊卡片，一張一張跟我解釋。他要確保我一路平安順利，不會讓我自生自滅。老闆這樣關照一個新人，我是很感動。

第二天就要一個人出發去一個陌生的國家。對我而言，這是個試煉，也是機會。如果我的日本行能夠小心謹慎，不要出任何差錯，這將會是我工作成功的第一步。

所以，那個晚上，我是既興奮又緊張，在床上翻來覆去睡不著。等到好不容易睡著，鬧鐘就響了。我立刻起身著裝出發。

到了機場，雖然排隊、辦手續有點冗長，但是整個過程很順利。等我通過所有步驟，穿過閘門，上到飛機的位置坐定。然後看著窗外的景像從不斷倒退的田園變為藍色的天空，突然一陣睡意襲來，我終於撐不住，沉沉的睡去。

等我一覺醒來，已經換了一個世界。

一個月前，我還在台北的大街上穿梭找工作。現在我已經在海洋高空平靜的機艙裡，正飛向日本。耳邊只有飛機引擎單調的轟隆聲，身旁盡是不相識的旅人，我還睡眼惺忪，這真的像一場夢。只是不確定，我是否已經醒過來。

我揉揉眼睛，往窗外望去。原本升空時整個透亮的寶藍消失無蹤，取而代之的是綿延的雲海。飛機下方雲朵像棉花毯一樣直鋪到遙遠的地平線，對初次經歷的我而言，像個美麗的幻境。突然間我注意到遠方有個平整缺口的錐狀物，突出在雲朵之間。看起來好像是一座山，像是穿出雲海的火山口。

「那是富士山。」我的耳邊響起一串清柔的女聲。

我循聲轉頭看過去。坐在我另一邊的是一位留著奧黛麗赫本式短髮、小圓臉、皮膚白皙、戴著細金邊眼鏡、瞇矇著眼睛的小姐。整個給人的感覺就跟她的聲音一樣輕柔。

「是富士山，應該沒錯。你沒有看過嗎？」她再輕聲重複了一遍。

我回頭再看窗外一眼。那突出在雲層上的錐狀物確實像似山。我知道富士山是日本很有名的一座山，但是在什麼地方，我根本毫無所悉。

「是富士山？那就是日本有名的富士山？」我是有點小小震驚，還沒到日本，居然先看到富士山。我只記得之前在月曆上看到過，那美美的山形。

「是啊，很漂亮吧。可惜這個角度有點遠，如果可以再近一點，最好是從它火山口旁邊飛過，那更是美。」她說。

「所以我每次飛往東京，都挑這一側坐。只要天氣好，就可以看得到喔。唉呀，你今天運氣很好，剛好坐窗邊。」

她的聲音柔柔的，很容易入耳。而且入耳之後好像會灑下魔法的銀粉似的，消融了陌生，兩個人一下子就沒有距離。她的聲音讓初次出國的我感到溫暖。

「是嗎？真不好意思。如果妳喜歡窗邊，我可以跟妳換位置。我是第一次出國，什麼都很新鮮，坐哪裡都沒差。」我趕緊說。

她輕輕笑起來：「原來是第一次出國啊，難怪你不知道。那你更應該要坐窗邊，這是難得的經驗。多好啊，第一次來日本就看得到美麗的富士山。」

「你出國是來旅遊？還是工作？」她緊接著問。

「工作，我在一家日商公司上班，要到東京出差。這是我的第一個工作。也是我生平第一次搭飛機。」我立刻回答，一口氣回答好幾個第一次。不知道為什麼，我就是實話實說，對旁邊這個聲音感到很放心。隔鄰這位小姐到現在為止，還是個陌生人哩，但我沒有絲毫的不安。

「是這樣的啊，工作、出國、搭飛機都是第一次。」

「恭喜你喔，社會新鮮人。第一次工作，公司立刻送你出國，你一定很重要。」她特地強調最後兩個字。

「沒有，沒有。我不是什麼重要人物。只是東京總部那裡剛好需要人手，派我過來幫忙。我在學校所學剛好跟這個工作有關。」我搖搖頭說。

我也稍微解釋了一下我的工作，但是一般人不大容易理解。

「科技業的東西我不大懂啦，但你一定是這方面的專家。」

「我根本算不上專家，老實說這一趟出差還比較像新生訓練。」我講得很實在。

「你是客氣，還是真的很老實啊。呵呵。」她笑著說。

「公司那麼看重你，努力把握機會吧，將來一定有很好的發展。」

「那要好好加油囉，頑張ってね。」她稍稍拉長最後一個語音，帶點甜味的鼻音。

她鼓勵我努力工作，這是祝福的話，我當然說好。

「我會努力的。謝謝妳。」我也禮貌地回她。

在飛機上初遇的人對話都是這樣子的嗎？我沒有其他經驗可以參照。但我覺得特別的是她，而不是我。她雖然不是長得很漂亮，容貌不是特別突出，但是揉合她的聲音和態度，這樣的組合就是有一種奇特的魔力。

很奇妙，有她在側，跟她對話，我原有的旅途疲憊消失無蹤了。

「那妳呢？妳是來旅遊的嗎？」換我問她。

「我啊。可以說是半旅遊半工作。名義上是來看東京的花藝博覽會的，但一半的時間是四處旅遊。我很喜歡來日本玩。」

「花藝博覽會？」

「噢，我是開花店的，每天接觸的就是花花草草。跑來這裡看展覽，也算是進修囉。哎呀，玩的成份居多啦。邊工作也邊玩哪。呵呵。」她回答時，同時俏皮的聳聳肩。她也是老實說，顯然對我也沒什麼保留。

「如果妳開花店，看花就是妳的工作啊。總不能天天在家裡看吧，那怎麼會進步。是應該出國來看看。」我說。

「謝謝你喔，還幫我找理由，你人真好。」

「你剛從學校畢業，一定很年輕吧。」她突然問我：「你幾年次的？」

我很老實的回答了。

「要命。我們兩個差八歲。你好年輕，我好老喔。」然後她臉上真真實實的顯露出一種憂慮的表情。

「不會啦。別人看我們，一定覺得我們兩個差不多。」

「但是事實在我心裡哪，沉甸甸的事實喏。」她講得好像一種絕症，我心底覺得好笑。女生都很怕老，是吧。
當我們在聊天時，富士山早就不見蹤影。窗外換上愈來愈近的平野和村落風景。飛機在下降，成田機場快到了。
「既然你是第一次出國，你應該不知道日本機場的通關手續吧。」
「出發前，我老闆有大概跟我說一下，但不是很清楚。」
「如果是這樣，那你要不要跟著我？」她問我。
我沒什麼好遲疑的，立刻點點頭說：「有人帶我走，當然好啊。謝謝妳。」
下飛機後，我就一路跟著她。說來也奇怪，我連這位小姐的姓名都還不知道，就在一個陌生的國度跟著她後面走。一切都照著她說的做。但是健康聲明、入境審查、行李檢查，每個步驟都很順利。領了行李之後，她直接帶我去櫃台買出境巴士的車票。我們剛好都是要往新宿，只是下車的地點不同。我在新宿西口，她要到京王飯店。所以，在巴士上，我們又坐在一起。
這兩三個小時的時間，我們又聊了許多。
她提到一些她去過的觀光景點，建議我有空的時候也可以去看看。像原宿的明治神宮，北邊的日光，或者南邊的鎌倉。當然我初次出國，也沒有事先看過什麼旅遊書，對這些地方一點概念都沒有。所以，也只能謹記在心。如果將來有機會的話，再考慮。
關於她個人的事，她倒是說得不多，究竟我還是個萍水相逢的陌生人。我只知道，她是家中唯一的女兒，獨自經營一家花店。但是這家花店似乎又不是家中的事業，好像是來自一位叫玲達阿姨的。她沒講得很清楚，我也不好意思多問。

相對於她，我所能說的更少。來自中部，在台北唸書，唸的是有關半導體製程和設計方面的學科。畢業之後，毫無意外，進了日商，做了相關方面的工作。從她的表情可以看出，她完全不瞭解半導體是什麼東西。當然，如果有一天我會去她的花店參觀，除了玫瑰和滿天星外，我大概也認不出其他任何一種植物。彼此的專業不同吧。

巴士進到新宿之後，我們終於互換了名片。她的名片上印的是台北市仁愛路三段上的一家花店。而她的名字是，楊依潔。

「對，我的名字是依潔。但我大你那麼多，所以你應該要叫我，依姊，姊姊的姊。呵呵。」講完後，她自己輕笑了起來。

對我而言，一個人獨自出國，遇到一個親切的女生，讓我的旅程一點都不寂寞，簡直就是一場幸運而美妙的遭遇。我還真有點期望能夠延續下去，跟著她四處去旅遊。但我知道這不可能，我得收心，回到自己的工作上，麥可還在新宿車站等著我。我和她未來還有沒有機會再見面呢？我不是很確定。即使我們再見面，還能保有我們在陌生旅途上相依時所合釀的貼心感受嗎？我也沒把握。

車到新宿西口，我們互道再見後，我就下車。腳離開車身的那一剎，我已經完完全全回到自己的工作上了。我是來工作的，必須趕快找到麥可。萬一找不到，我就必須一個人在異邦流浪。

我還記得熊貓先生給我看過的照片。麥可是瘦瘦的中等身材，留著老式七三分短髮，臉有點倒三角的樣子，下巴有點尖，並不難認。所以，我放眼望去，很快地就認出他來。麥可站在車站的一角，正在瀟灑的抽著菸。

他比我大個幾歲，也只早我一年進公司，但據雪莉描述，他做起事來十分老練，好像天生就適合當開路先鋒。我們部門的業務就是他帶起來的。

我上前去自我介紹。他先抬起頭來，朝著天空緩緩吐出最後一口菸後，回頭將菸蒂捻熄，丟進垃圾桶中，才伸手過來跟我握手。他露出笑容，以帶點低沉的嗓音說：「歡迎你加入我們公司。我看過你的資料，很適合，早就等著你。」

「怎麼樣？一路上順利吧。」

「雖然是第一次出國，但一路順利。沒有問題。」我回。

「有時候成田機場人多，入關和行李檢查要排很長。今天看來還好。我本來以為會等你很久。」

「我運氣很好，人沒那麼多，今天都很快。」我沒有跟麥可提及，我有獲得額外的協助，小泉的一疊卡片全部用不著。

「小泉有跟你解釋了我們目前的狀況？」

「有。包括工作內容、東京聯絡對象、幾個客戶、目前進行中的案子。他花很多時間跟我解釋。」我繼續說：「而且這邊有你在，你更清楚。」

麥可是我的直屬老闆，我是指望他帶我進入實際的狀況的。

「客戶我是很熟啦。但技術方面，我並不是這個科系出身，所以你應該比我更瞭解。客戶跟你一起工作可能更順利。」

「我一定會盡力。不過，還是有很多地方不懂，需要請教你。」

「沒有問題。你學起來應該很快，對你應該不難。」

從麥可篤定的口氣和堅毅的眼神看來，就像雪莉所說，一副老練的模樣。不知道的人還會以為他在這個行業待了許久。其實這也是他第一次談成生意，第一次帶客戶來日本。而他憑著個人經驗摸索，從客戶端到日本總部，建立整個業務流程，做好開路先鋒的角色。這一點非常令人佩服。

「我已經來了快一個月，感到很疲憊。我會一起跟你工作幾天，讓你熟悉一下人和環境。然後我就先回台灣，剩下的交給你。」

我事先就知道這樣的安排。小泉先生問我時，我也是很勇敢地回答說，可以。但這只是嘴上勇氣而已，工作究竟有多難，我是完全不清楚的。

「但你不用太擔心，剩下的工作已經不多。我估計兩個禮拜之內可以做完。等到結束，簽完約，你再跟客戶一起回台灣。」

「好的。」我還是很勇敢。

講完之後，麥可帶著我進新宿車站，穿過川流的人群，上到我分不清方向的某個月台，然後搭了橘色的中央線電鐵往西走，最後在郊區的吉祥寺站下車。他帶我入住就在車站旁的東急飯店。

這一趟路對我而言是很新鮮的。擁擠的下班人群、錯綜複雜的走道、電車關門的鈴聲和車上緊盯著漫畫書的乘客。這時候我才發覺，這是多麼不一樣的一個國家，而我的工作正要在這裡展開。

第二天早上我和麥可，以及兩個客戶，約好在樓下餐廳碰面。簡單寒暄並用過早餐後，便搭上電車，往浦生設計中心出發。

在設計中心，日本同僚很親切，把我和客戶擺在一起接待。我則努力在客戶和日本同僚之間，扮演溝通的角色。我們每天在會議室中檢查IC設計驗證的結果，把錯誤或不理想的地方一個個去除。今天做不完的，明天再來。我就這樣跟著客戶，在學習中逐漸融入自己的工作。

一週之後，麥可等到我完全熟悉這裡的人事物，能夠順利扮演客戶和日本同僚之間的橋樑，能夠獨自帶著客戶四處跑，能夠適應日本的吃食和氣候，他就回台灣去了，只剩下客戶和我繼續在這邊奮鬥。

再經過十天，雖然感到疲累，但終於把案子完成。於是，簽完文件，參加過日本業務安排的慶祝晚餐後，我們也準備回台灣。到這個時候，同甘共苦兩個多禮拜的客戶已經不再是客戶，變成朋友。最後一天早上我們還一起逛新宿西口的電器街，直到時間快到了，才帶著回鄉的心情前去成田機場搭機。我的學習之旅才畫上句點。

順利完成日本工作後的第二天一早，我重新出現在公司時，雪莉就迎過來興奮地問我：

「去日本好玩嗎？」

「我是去工作，又不是去玩。」我是這麼回覆。

「有啦，你一定有偷偷去買東西的啦。不然，即使吃吃日本的食物，拉麵、定食、壽喜燒之類的，也很過癮。不是嗎？」她眨眨眼，調皮的說。

「不然，妳來我們部門當工程師，也可以一起去啊。」我說。

她笑開來，而且是非常討人喜歡的模樣，我三週來的疲憊便完全不見了。

「下次幫我買東西。」她說。

「好啊，那有什麼問題。」突然想起來，我是如何決定要來這家公司的。

「下次我要準備一張採購單給你。」說完這句話，雪莉才帶著滿意的笑容離開，去忙她的事。我才定下心來，開始工作。

日本行對我而言，如果是一次訓練，那麼回到台灣後，真正的工作才要開始。此時台灣的IC設計產業正要起飛，而晶圓代工是公司一個重要的新業務，我們努力搭上這個風潮。雖然有個好開頭，仍然必須持續努力。

麥可和我分頭去拜訪客戶，但是時間總是不夠用，一個新案子就足以讓我們忙翻天。很明顯的，我們人力不夠，所以二個月後熊貓先生就決定要繼續徵人。

在登過廣告，多次面試之後，我們部門陸續增加了幾個生力軍。

首先來的是艾咪，但她不是工程師。

艾咪大約一百七十公分，模特兒般的高挑身材和深邃五官。熊貓先生之所以挑中她是因為，她的中英文皆好，還能說一些日語。我們很需要一位可以打各類報告和偶而權充翻譯的部門助理。本來以為她只要婉約地功能性存在，在輸入指令時適時吐出該有的數字和文字報告即可。結果，完全不是這麼一回事。

艾咪的個性大剌剌的，有點大姊頭的味道。她來了之後，就迅速和公司各部門的秘書助理建立起超越單純同事的情誼，形成一張綿密的地下情報網絡。日後我們想瞭解其他部門的各種八卦軼事時，她就是最稱職的情報來源。同時雪莉也跟她最要好，所以也就因此常來我們部門走動。所以，摩里斯後來就常笑說，雪莉其實是艾咪派去人事部的眼線，在人事部的工作只是兼差而已。

我們這樣一個兼具業務和技術的工程部門，有個客氣委婉的日本老闆，但卻有個氣場強大的助理，感覺上有點奇怪，但實際運作上卻蠻搭的。艾咪讓整個原本可能死氣沉沉的工程團隊，生出許多意想不到的趣味。

有一天早上艾咪湊近我的座位，低聲跟我說：「你看後面的那隻熊貓又在打瞌睡。」

我回頭看一下。果真，熊貓先生閉著眼，不斷點頭，幾乎要撞到辦公桌的程度。

「昨天晚上，不知道陪日本客人到林森北路喝到幾點，到現在還醒不過來。」

這很常見。熊貓先生常要陪日本總社過來的人吃晚飯。如果是官大的，免不了還要第二攤喝酒，有時候要喝到半夜。

「我來嚇一嚇他。」艾咪說完，不等我回應，就走到工程部的入口去。

公司把所有的工程部門統一安置在一個工程區。因為訪客極少，而且也帶有一些機密性質，所以在唯一的入口處裝了紅外線感測器。有人經過時就會響。

艾咪走往入口的折巷去後，我就聽到門鈴連響了好幾次。然後，後面就傳來有人跌落地板的吭隆聲。我心裡發笑，但完全不敢回頭看。心想艾咪居然這樣整自己老闆，真糟糕。不過，這還不是最糟的。

有一次，我們部門一起在辦公位置上討論什麼事情，可能是跟福委會有關，晚會表演之類的事。大家你一言我一語。艾咪站在熊貓先生的身後，他不知道說了什麼笑話，還是不適當的比喻，艾咪居然反射式的一巴掌輕打在老闆頭上。事情發生時，我們全都愣在當場，倒吸一口氣。怎麼會這樣，助理打老闆。

沒想到熊貓先生一點都不生氣，仰著頭，不停說Sorry，還露出抱歉的表情。

艾咪就是這麼令人驚奇的一個人，但是卻是我們部門不可或缺。

然後，再來的就是安雄。安雄是在我之後的第二個工程師。

安雄雖然不是本科系出身，但是卻是很執著肯學。來了之後，每天都看他抱著原文說明書、技術手冊，很努力地研讀著。要他去拜訪客戶或做些什麼事，問他意見時，他總是一個單字：「好。」然後就去做。

他的話不多，顯得沉穩。工程部門中有一個工程師勤勞可靠，不容易出差錯，是非常幸運的安排。

第二次帶著客戶去東京時，我就帶著安雄一起去。我變成麥可的角色，換成他在我的位置。我教他所有麥可曾經教過我的事。

那次出差中，印象最深刻的是，案子結束後我們跑去秋葉原買東西。安雄想買一台當時最流行附有CD唱盤的手提音響。如果是我，看個兩家電器行，價格差不多，大概就買了。但是安雄足足看了五六家，幾乎把所有電器行看遍。並反覆敲打著計算機，比較配件和價格後，才做了決定。當時我心想，他真的是很細心的一個人。

跟在安雄後面，最後來的是摩里斯。

比較起來，摩里斯個性上比較大而化之，有點散仙。但是他脾氣很好，講話很風趣。如果你跟他熟識，看見你時，他隨時可以手伸過來搭在你肩膀，聊上半小時。他跟任何人都沒有界線，尤其跟雪莉。

當雪莉來找艾咪聊天時，如果摩里斯有空，一定是第一個湊上前去。聊的事情如果有趣，笑聲大了，安雄也會坐在椅子上滑過去。反而是我因為最資深，比較不好意思一起聊八卦，常常只是在座位上遠望。

摩里斯也時常和雪莉拌嘴或嘲笑她，所以常見雪莉皺著眉頭，伸出手來搥他的肩。這畫面雖然很有趣，但發生多了，我卻有點不是滋味。

我們就這樣，半年內從熊貓先生到摩里斯，外加雪莉，湊成了一個小團隊。這個小團隊的幾個人，合作無間，使業績直上。而大家年齡相近，感情又很好。所以，除了工作，下班也常在一起活動。

那年底我們就因為我的車辦了一個活動。我買車是很意外的一件事。

事實上是我住在南部的阿姨要換車，她打算換掉已經用了七年的舊車。但是整台車保養得宜，性能跟剛出廠時一樣，捨不得給別人。所以阿姨特別打電話問剛在台北做事的我，需要不需要用車？因為只要付一點錢，就可以擁有，所以我就答應了。

我把車子從南部開上來後，因為考慮到還負擔不起台北昂貴的停車費，所以上下班還是以公車為主。車子平時都停放在內湖租屋附近的山邊小路上，只有假日時才會開出來四處走走。

當我買車的消息傳出來，部門同事聚在一起七嘴八舌的討論，覺得應該要慶祝一下，各式各樣奇怪的主意都出來。不知道誰提議的，宜蘭太平山的風景很漂亮，值得跑一趟，居然獲得所有人的一致同意。但在場的沒有一個人去過，最後結論就是，週日所有人要坐車一起去看看。

這真是個瘋狂的主意，但也許因為我們太年輕了，所以天不怕地不怕。

週日一早麥可開著他那輛飛羚一零一新車，載著艾咪和雪莉。我開著土黃金的喜美舊車，載著安雄和摩里斯，就一起出發了。這趟路其實很遠，往北經過北海岸公路進入宜蘭縣，再沿著曲折的產業道路上到太平山，一趟要四五個小時。更何況我們是打算當天往返，開車的人等於要開整天車。但年輕的人毫無懼色，一路上唱歌聊天，完全不覺得累。

當我們來到太平山頂時，四周都是雲霧，非常寒冷。我在觀景台四周走動時，得縮著脖子，雙手插在褲袋裡。但因為情緒是興奮的，整個心顯得熾熱。麥可、安雄、摩里斯、艾咪、雪莉，大家靠著走在一起，邊欣賞風景邊聊天，路上笑語不斷。我們的感情很好，事業剛剛展開，一切都很順利。我們好像一步一步正要走上最美的頂峰，那真是美好的一刻。我因為是這團體的一份子，而覺得自己很幸運。我真希望一切都可以持續下去，也毫不懷疑這樣的可能性。

從太平山回來，大家都累壞了，尤其是我。當天晚上回到家，洗完澡，頭一沾枕，就立刻睡得不省人事。我記不得有沒有做夢，但是如果有做夢的話，主角絕對就是我們六個人。

雖然成立才半年，人數也很少，但是這是多麼完美的組合。麥可在前面領航，我在後面掌舵，主要的技術工作依賴安雄和摩里斯，文書方面的庶務則由艾咪負責。划船划累了，還有雪莉偶而闖進來為我們搧風擦汗。我怎麼能不愛這個小部門呢。

三、花店在仁愛路

剛開始工作這段日子，我非常忙碌，把飛機上遇到依姊這件事給徹底忘掉。直到第二年的一月份時，我和業務到台北市南區去拜訪一個新客戶。回程接近仁愛路三段，才突然想起來，或許這裡真的有家花店。

這時大約下午三點，我決定下車，讓同事先開車回公司。然後，我沿著仁愛路走。今天是有點乾冷的天氣，走起路來很舒適。我想即使找不到花店，從這裡回公司也不會太遠。人行道的一邊是有著高大樟樹林的馬路，另一邊則是學校、公家機關和辦公大樓。看不出來有花店容身之處。會不會換了地方，或者是找錯地址，我邊走邊有些懷疑。

快到建國南路時，一棟舊公寓房子的一樓突然讓我眼睛一亮。店面雖然不大，但前面擺著花花草草的，確實是一間花店。我加快腳步走過去，但心中卻有些忐忑。依姊認還得我嗎？即使認得我，我們只是旅途偶遇，曾經短暫駐留的好感還剩下多少？我免不了猶豫。

就快到花店前面時，從裡頭突然走出一人，手上抱著一大捧花。從花上面短髮圓臉的容顏看來，我仍然記得，沒錯，正是依姊。

當我趨步向前，還在考慮如何解釋我自己時，依姊顯然已經認出我來。她臉上只顯露些微驚訝，說：「啊，你來啦。」然後立刻恢復平靜。她的表情好像是，她早就等著我出現，只是時間早晚如此而已。
　她再一次給我很美妙的感覺，彷彿我們從來就不曾陌生過。
「走，跟我去送花。」依姊突然這麼說。她的語調不是在詢問，好像當我是自己人。反而是我感到訝異，但還來不及反應內心的感受，我的腳步就不自覺地跟上。
「你的工作還好嗎？有沒有很順利？」她問我。還記得我們之前的談話。
「很順利。老闆人很好，同事也很好相處。從東京回來後，一直忙一直忙。所以沒有過來找妳。」依姊跳過寒暄，直接問我的近況。反而是我在解釋為什麼沒有早一點來找她。我們真實的相遇也不過是旅途上的幾小時而已，但與她一起的那種親切感並沒有遠離。
「哦，那很好喔。開始的第一步是最重要的。專心把工作做好，這是對的。我們其實也才幾個月沒見啊。」
「今天下午，我要回公司時，路過仁愛路。突然想起來妳的花店。所以過來看看，說不定可以遇上妳，還真的遇到。」
「平常上班時間，我都在這兒啊。除非出門去送花或買花。這裡好找嗎？」
「很好找，前後就那麼一家花店。一下子就認出來。」
我突然想到，應該要幫忙。依姊的身材輕盈瘦小，一大束花就佔去她半個人身。
「讓我來抱花吧。」
依姊沒有反對。當我接過花束時，根本還不清楚要去哪裡，但我們肩並肩繼續走著。

來。依姊按了電鈴。

「我們要去哪？」我問。

「我要去送花。沒有很遠喔，跨過信義路，一下子就到。」

我們走進信義路南邊的巷子裡，沿著巷子走一小段，最後在一棟老舊公寓的一樓前停下

「你先到旁邊去等著，我一下子就好。」說完，依姊把我手上的花抱了過去。我則往回走一段距離，然後按照她的要求，靜靜地等著。

過了一會兒，一位穿著整齊的中年太太出來應門。她接過花束後，顯得很熱絡的與依姊聊天。看著她們的對話讓我回想起在飛機上與依姊的相遇。我感覺依姊好像一朵輕柔的龍捲風，三言兩語就把人溫柔的捲進去。但是她不是特意經營，而是天生如此。也許她的本性就是春天的風、冬天的太陽，所以使人置身她的世界，就捨不得離開。

即使我只是旁觀，仍然可以感受那樣的風拂和溫暖。

她們兩個有說有笑一陣子後，中年太太才轉身入內，並關上門。依姊重新走回到我身邊。

「我的老客戶。賣花這門生意不容易做，很需要老客戶喏。」依姊說：「所以，我都會自己送花過來，順便聊聊天，做好關係。」

「是每隔一段時間固定來換花嗎？」我問。

「不是。通常都是他們家裡要請客之前，買花回去佈置。今天晚上她先生大概又要請客。」

「她先生好像是經濟部裡的一位官員，常常會在家中宴客。當官的，這似乎免不了。」

「原來如此。剛剛那位太太確實看起來有點像官夫人。」從她的穿著、微胖的身材、還有顯然稍有化妝的模樣，我覺得如此。

「管她是不是官夫人，只要常跟我買花，就是好客戶囉。」

「這樣的好客戶很多嗎？」

「不多。怎麼，你要幫我介紹嗎？」依姊笑著問我。我也只能傻笑回她。

我們繼續邊走邊聊。跨過信義路時，依姊突然舉起手，指著旁邊的一條巷子，說：「我就住在這個巷子裡。」

「噢，這是妳的家，還是租房子在這裡？」我問。

「嚴格說起來，不是我的家，也不是租的。這房子和花店一樣，原本都是玲達阿姨的。但是她都讓給我了。所以，可以算是我的。」

「怎麼有這麼好的阿姨？我有一個阿姨對我也很好，但我還是付了錢，才拿到她給我的舊車。妳居然可以有店鋪、房子。」

「這說起來有點複雜。但是，就是這樣啦。算我比較幸運。呵呵。」依姊臉上又展開她那看似輕微無意，但卻會令人著迷的笑容。笑容之後，她沒有多解釋，我也就沒再多問。

依姊這下午很忙，店裡好像有事情等著她，我們趕緊回到店裡。

這次重見雖然只有半個小時左右，但是非常愉快。依姊完全沒有把我當外人，好像我們是舊識，認識很久。所以，雖然她沒有留我，但依姊說了，等她比較有空時，再另外約個時間好好聊。於是，我就返回公司了。

沒想到不用另外約，三天後依姊就打電話到公司找我。

「你會不會修馬桶？真不好意思這樣問你，但就有點緊急。」

「我是有過一些經驗，但不知是什麼樣的狀況。」

「我主臥的馬桶昨晚開始漏個不停。晚上睡覺時一直聽到滴滴答答的聲音。那聲音搞得我精神衰弱。」

「平常我都去找附近的一家水電行解決。但昨天去，店沒開。鄰居說店老闆生病去住院，不知道何時會回來。要命啊。」

「你會不會修馬桶漏水？」

漏水其實也不是什麼大問題。不過，如果是一個神經纖細的人，可能會感到很困擾。依姊應該是這樣的一個人沒錯。我是可以試試，反正水箱就只有那麼一丁點大，只要零件沒有壞得很嚴重，應該可以修修看。

我跟依姊約了，晚上到她住處去看看。她非常高興，一副好像得救的樣子。

「如果修得好，我請你吃飯。」她說。

晚上下班之後，我依約來到她住的巷子。這時候天還沒完全暗下，但店家都開了燈。巷子很窄，只容一車通行。房子是老舊的四樓公寓，一整排。住址是巷子盡頭的最後一間。下班時，踩著半明暗的燈光走過去，很有「回家」的感覺。

我按了電鈴，門沒有開。過了一會兒，二樓的窗子突然打開，依姊探出頭來。

「你到啦。電動開鎖壞了，我給你鑰匙，自己開門上來吧。」

依姊伸長了手臂，小心翼翼的把鑰匙丟到我的手中。我拿了鑰匙開門，走上樓梯，來到二樓。依姊已經在門口等著。她穿著一件寬鬆的長褲，身上套件無領的粉紅花樣毛衣。

「啊，我的救星到了。」說完，她自己就笑了。

「沒那麼嚴重吧，又不是鬧水災。」我也笑著回她。

「我家很簡單喔，沒什麼東西。」

「再怎麼簡單，都比我租的房子好。我確定。」我回。

脫了鞋，她帶著我往屋裡頭走。公寓外觀雖然陳舊，但是屋內頗為乾淨清潔。沙發是乳白色。原木的電視櫃上只有一台電視和一台黑膠唱盤。米白的牆上，有幾幅畫。看畫的內容，我猜應該是依姊在小時候的作品。客廳再進去，有間和室，再過去才是主臥。主臥中的陳設依然簡單，但多了許多掛在衣架上的衣服。浴廁在主臥室裡頭。

走進到浴廁後，我嚇了一跳。四周和地板都是白磁磚，一邊是白色的馬桶，另外一邊還有一個純白長形的浴缸。而整個浴廁沒有任何異味，乾淨得可怕，簡直可以躺下來當臥室睡覺，那樣的乾淨。

「哇，妳的浴廁怎麼這麼乾淨啊，好像今天才剛剛完工啟用。」我說。

「沒有啦。我平常也沒什麼運動，就把打掃當運動。每天晚上一定先把浴廁洗過一遍，才洗澡。淋浴或泡澡。」

「一個人除了睡床之外，花最多時間的地方就是浴廁。所以，打掃得乾淨一點，自己看了高興，心情也會比較好。不是嗎？」

她這麼說是有道理。但是誰會想天天打掃呢，我想到自己租處的浴廁，簡直是天差地別。尤其還得跟室友共用，我才不會想多待一分鐘。但是依姊的浴廁真的會讓人不想出門。

讚賞過浴廁之後，我開始工作。首先把馬桶的水箱蓋掀開，拿到一旁。然後仔細觀看水箱裡面，浮球、進水口、出水口和出水蓋。看不出有太大的異狀。我伸手進去摸。因為是漏水，所以特別注意出水蓋的地方。

我發現出水蓋有一點歪斜，出水口沒有密接。原因可能是後端兩根螺絲，有一根已經鬆開。於是跟依姊要了一字起子，把螺絲鎖緊。漏水停止了。我完成我的任務。

「你好棒，把漏水解決了。」依姊好高興。

「沒有什麼啦，只是螺絲沒拴緊，很好解決。」我說。

「我要請你吃晚餐，但是沒想到這麼快解決。我還沒有時間弄哪。」

「沒關係，我還不餓，可以等。」

「那你要等我一下下囉。」依姊說：「我們來吃炸醬麵好了。」

「乾脆你來幫忙，免得沒事可做。」

「好啊，沒有問題。跟我講怎麼做。」

於是，我跟著依姊來到廚房。

依姊要我把手洗乾淨後，給我一把蔥、一條小黃瓜和一個切熟菜用的小砧板。她要我把蔥切末，但把蔥白和蔥綠分開，再把小黃瓜切成長絲。而她自己則在瓦斯爐上做起炸醬。她先把一堆紅蔥頭切片，剝散，再放下去小火油炸。幾分鐘後，等油蔥的香味出來，變成微焦的金黃，加入切丁的豆乾拌炒。等豆干也散發出香味，把它推到一邊。放入豬絞肉，炒熟。然後把豆干和豬絞肉拌在一起，加入切細的蒜末、蔥白、豆瓣醬、甜麵醬，炒到有點黏稠狀，香味也都出來，最後再加入醬油、糖和水。老實說，我看得眼花撩亂，但依姊處理起來有條不紊，顯然她是做過很多遍了。最後果真聞到那種炸醬特有的香味。

依姊另外熱了一鍋水，煮熟了麵條。撈起來，放到兩個大碗中。當然我的份量是她的兩倍。然後把炸醬放到麵上，最後再加入我剛剛切好的蔥綠和小黃瓜絲，兩碗炸醬麵就完成了。我把麵端到客廳，桌上已經有依姊事先煮好的青菜蛋花湯。我們的晚餐好了。雖然，大部分時間我只用眼睛看，但是還是很有成就感。

我們在客廳落座，一起吃起晚餐。

「這麵好吃耶。」我說。

「是嗎？謝謝你的讚美。」

「妳常吃炸醬麵嗎？」我問。

「一個人住，我又不喜歡外食。所以，我常弄些簡單的麵啊、飯啊，自己吃。所以我常做炸醬麵。有時候也弄榨菜肉絲麵、咖哩飯的。」

「我尤其喜歡做炸醬麵。我常先做些炸醬放冰箱，等要吃的時候再熱。麵條煮熟，小黃瓜放下去，簡單就是一餐，很容易填飽肚子。」

「你咧？你不是也住外面，怎麼解決三餐？」依姊問。

「我跟別人合租的地方，雖然也有個廚房，但是很少用，餐具也不齊全。所以，頂多是煮個湯，或者小火鍋。我大部分都在外面吃。我那兒離一個市場不遠，有很多小店。」

「在外面吃多了，比較不健康。你不知道店家是怎麼處理食物的，乾不乾淨，衛不衛生。也許你也可以考慮偶而自己煮來吃。」

「妳是說像妳這樣煮炸醬麵嗎？」

「是啊。很簡單的，我可以教你。」

「好喔。」雖然看了依姊做炸醬，但沒有學起來。我願意試試看。

這一餐雖然很簡單，但非常美味。我甚至是因此而有點愛上炸醬麵。原因或許是因為我們一起動手的，或者是已經很久沒有人特地為我做一餐飯了。

餐後，我們一起收拾。我堅持要洗碗，依姊就在一旁陪我聊天。全部清洗乾淨後，我們才回到客廳。

在客廳，依姊以輕鬆的姿勢斜躺在乳白沙發的一端。我則端坐在另一端，轉頭很專注的看著她。她跟當時我在飛機上初遇時沒什麼兩樣，朦朧的雙眼，講話輕柔的，每講幾句話就很自然露個淺笑。而她的笑掛在白皙的小圓臉上，隨著內容而會輕微地張合，非常具有魅力。

下班時我走進巷子，有「回家」那樣的想像。這一餐和餐後的閒話家常則讓我真的有「家」的感覺。我突然有點期望，以後可以變成常客。但我把這心願藏在心裡，還不敢讓依姊知道。

「咦，你有沒有聽過一首歌。」依姊突然問我。

「幾個月前別人送我的一張唱片。這首歌是Joan Baez唱的，叫做〈Diamonds and Rust〉，鑽石和鐵鏽。我覺得很好聽。」

「我好像沒聽過。」我覺得有點不好意思，因為既沒聽過這個歌手，也沒聽過歌。我並不常聽音樂。

「沒有關係，我放給你聽。我很喜歡這首歌。」

依姊起身走到電視櫃前，從底下的櫃子中找出一張黑膠唱片，再擺到唱盤裡放。當唱盤轉個一兩圈後，音樂就從喇叭傳了出來。首先是一段清亮的吉他聲，然後應該就是Joan Baez的歌聲：「Well I'll be damned. Here comes your ghost again.」

聽起來像美國流行的民歌，確實是非常好聽的一首歌。但歌詞聽得不是很清楚，好像是歌者接到某人打來的電話，因而引起一段回想。聽歌的時候，依姊什麼話都沒說，專注地沉浸在歌曲的旋律之中。臉上的微笑不見了，好像跟著音符去了遠方。

等歌播完後，我說了：「這首歌有點淡淡的憂傷。」

「沒錯。」依姊回。「如果你不知道Joan Baez是誰，那麼你很可能也不知道Bob Dylan。」

「我是不知道。」覺得有點尷尬。

「我的一個朋友很喜歡Bob Dylan，但卻送了我Joan Baez的唱片。」

「聽這首歌，有時覺得曲調很美，歌曲背後的故事很美。但有時又覺得很悲傷。唱歌的人好像在細訴，一種令人矛盾的感情。」

我很難答腔，這是我第一次聽這首歌。沒辦法瞭解依姊對這首歌的多重感受。我對自己感到有點失望。

「啊，扯太遠了。你只要單純享受美好的音樂就可以了。」突然間，依姊的笑容又回來了，這一整夜我很習慣的笑容。

我們又把這首歌重聽一遍，然後也聽了唱盤上的其他歌。當唱盤轉到底之後，看看時間已經九點多了，我也該告辭回家。依姊說歡迎我再來，但沒有說什麼時候。

走出巷子的時候，我的心情非常好。我想著，週末如果有空，該去逛書店和唱片行，瞭解一下美國民歌。

第二天上班在通道上遇到雪莉時，順口問她知不知道Bob Dylan和Joan Baez。

「知道啊。」她說：「美國民歌的King和Queen。我常聽他們的歌啊。」

「噢！」我又愣了一下。

回到工作後，仍然非常忙碌。靠近過年時，我和一個新客戶又去了一趟東京，工作直到除夕夜才回來。雖然非常疲憊，但工作的第一年能有如此結果，我感到很幸運。不只是因為業績，不只因為這個感情好的小部門。我想，依姊也是原因之一。我一直對那天的晚餐懷有很好印象，也因此而有更多的期望。

但是，依姊不常打電話來，我也找不出什麼好理由跟她連絡。只有在過年後她問我要不要到她那兒「走春」。我找了個下班時候，到她家吃頓飯。這次她準備了壽司和紫菜蛋花湯，我們又一起聽了許多歌，大概是同一時期的美國民歌。我因為先前很努力地做了一些鑽研，聽了不少音樂，這次有些瞭解。知道這是Brother Four的〈Greenfields〉，也聽出Peter Paul and Mary的〈Puff, The Magic Dragon〉。我慢慢地追上依姊的腳步，對自己的失望減少了一些。

三月時有了變化。但不在公司內，也不在仁愛路的花店。

三月中開始，中正紀念堂前面出現了許多大學生，而且長時間駐留。

學生在廣場上豎起許多標語和一座野百合花的塑像。學生領袖在新聞鏡頭前發表訴求。他們要求，終結萬年國會，廢除臨時條款，進行政經改革。政府方面則一直表現出關心的模樣，但可以感覺暗地裡正在想辦法要按捺這場抗議，設法恢復社會秩序。雖然我對政治不敏感，沒有特定的立場，只是偶而看電視，關心一下自己身處的社會。但是這次連我這樣中性的人，都可以感受到空氣裡瀰漫著緊張的氣氛。

一個成長中的社會要茁壯，掙扎地要脫出原來的桎梏，我是這麼認為。

但這絲毫沒有影響我的工作，一樣準時上班下班。

還好，到了三月二十幾日，政府接見了學生代表，做了某些承諾。學生們願意相信政府，平和地從廣場上撤退，結束了這場歷時一週的抗議。

雖然結束，但因之而起的騷動與討論持續在社會的各個角落滾動著。

我覺得鬆了一口氣，但麥可的感受顯然跟我不同。

我們的辦公室是在面向南京東路的十四樓，黃昏時夕陽會透過臨街的長窗射進來，把桌子椅子和地板都染紅。那一天我和麥可晚下班，剩下我們兩個人沉浸在夕陽紅的溫暖中。我正在準備資料寫報告，給小泉和麥可去參加公司月會用。麥可則坐在他的位置上，長時間看著窗外，好像想著某些我無法理解的事情。

突然間，他轉頭對我說：「你有看新聞嗎？」

我停下電腦上的動作，回頭看著他：「你是說這次學運嗎？」

雖然，麥可是我的直屬上司，但他沒有一點上司的架子，我們兩個講話從那次新宿相認之後就像朋友。我一直記得他在我面前抽菸時，什麼都不在乎的神情。

「對啊。你有什麼感想嗎？」

「學生真的很熱情，很有理想。我覺得他們推動了社會的改革。」我說。

「如果成功的話。」可能麥可還有些擔心。相對於他，我顯得單純，願意相信政府。

「政府不是答應了學生的訴求。」

「如果沒有抗爭，政府怎麼會同意。有時候抗爭還是有必要。」麥可說。

「最重要的應該是訴求是正確吧。」我說。

他想了一下，才接下去說：「為什麼要到現在大家才突然發現萬年國會是一件奇怪的事。」

「可能是因為它對每個人的生活沒有直接的影響。」我說。

「大家都沒在想，反而是這些學生想到了。」麥可說：「不公平的事就不應該讓它繼續下去，對不對。」

「這些學生真的很有勇氣。」

雖然我也認同麥可的看法，但什麼也沒做。我只在電視前看看新聞，偶而心中湧起一股熱血，如此而已。我才剛開始工作，銀行才開了戶頭。我更關心的是，晚餐吃什麼、帳戶裡數字的增減和何時可以脫離租屋的日子。我只是個想要在這社會站起來的平凡人，不會因為自己不夠正義，沒有付諸行動，而感到內疚。

「我很佩服這些學生，但也很難為他們做些什麼。」我說。只是個普通的上班族，時間被工作綁得死死的，這是事實。

我們講完，麥可又看向窗外，若有所思。隔一下子才又回過頭來說：「你知道我們公司，日本人都是經理，台灣人頂多當到副理。」

雖然是閒聊，但這樣的議題，一下子讓氣氛變得嚴肅而敏感。

麥可說的沒錯，他是副理，小泉是經理，所有其他部門都是這樣的。台灣人至多當到副理，升遷薪水全由日本人決定。但是這是一家日本商社在台灣的分公司，成立沒幾年，還在擴充成長。日本人扮演總社和本地員工之間的中介，由他們來建立與總社一致的工作制度和企業文化。台灣人應該沒辦法一下子就接手，需要時間。

「也許剛開始是這樣。等到時間久了，台灣人可以與總社直接溝通，獲得總社的信任，我想遲早台灣人也會當上經理。」我回說。

「但總該有個時間發生，日本人從來沒說過什麼時候。」

說實在的，我還是這家公司的新人，很難應對這樣的問題。但如果不回答，似乎就沒有站在麥可這一邊，至少這個時候，好像是不正確的。我猶豫著要如何回答。

「我也不知道什麼時候，但我想日本人自己會考量吧。」

我採取了安全的策略，規避了不必要的對立。

「你知道，我們部門的生意都是我帶來的。小泉哪知道客戶在哪裡。沒有我，小泉什麼也做不成。」

「而且東京設計中心，我去過那麼多趟，裡頭的人我比小泉熟多了。」

麥可講的，我完全同意。小泉是新宿的業務部派過來的，以前從來沒有在東京設計中心工作過。他當然不認識設計中心的工程師。小泉的唯一優勢是同是日本人，彼此有共同的語言和習性，而麥可只能用英文。

「小泉不是經常在部門會議中稱讚你開發業務做得非常好，客戶都很相信你，我們部門你貢獻很大。」我說。

「我想小泉瞭解你的重要性，有些事應該是時間早晚的問題。」我委婉地補上幾句，不知道麥可能不能理解。我也不是很確定，究竟麥可只是個人想更上一層樓，還是他想為所有台灣人員工打破那面玻璃天花板。

麥可再度陷入沉思。

我回頭看著他時，陽光從他的背後打過來，讓他的臉在逆光的情形下有些暗影，而他的聲音又很低沉。這種氛圍讓我感到些許的陰鬱。究竟是學生的改革風潮感染了他，還是這是他多年工作中累積的深層思索？我雖然已經跟他一起工作好幾個月，但不能完全瞭解他。

「那有一件事就更奇怪了。為什麼台灣員工上下班都要打卡，但日本人不用。」

麥可提的這個問題就更尖銳了。如果讓我反射式回覆，我會說，因為他們都是經理，但是我不敢這麼說。因為哪天有台灣人被升為經理，我不確定他就可以不用打卡。日本人外派到台灣都是負有階段性任務，只是短暫停留個幾年。我個人是可以接受他們的管理制度不一樣，但顯然麥可對這樣的做法不大認同。

「日本人應酬多，工時長，工作時間不固定。況且他們也沒辦法報加班。不用打卡，我是覺得可以接受啦。」我說。

這段對話的過程，愈來愈像是麥可在衝撞體制，反而是我在幫日本人辯護。這幾個月來我和日本人的相處一直很融洽，沒有任何不愉快，所以我沒有想那麼多。麥可敢於這麼表達，是因為他已經是老鳥，看得比較透徹，而我是一個工作不滿一年，還沒有什麼條件批評的新人？我想應該是這樣的。

總之，台灣人升經理，所有人的上下班制度應該要一樣，這是那天麥可想要傳達給我的訊息，他似乎很堅決。雖然只進了我一個人的耳朵，沒有其他人知道，而我也無法確定他是否只是那個奇異的下午，特別有感而已。

很多年後當我在回想麥可這個人時，我完全想不起來他教過我些什麼，也忘記他曾在會議中有過什麼重要的談話。但我始終記得我們在那個紅太陽中的一番對話。這段對話很溫暖，有種勇於挑戰體制的叛逆精神，就跟當年的三月學運一樣。如果每個人一生中，因為時機和場域不同，會有幾個不同的面相，那麼我喜歡那個紅太陽中的麥可。

四、夏天的陽光很美好

這一年我們部門生意一直很好，賺了不少錢。公司對未來的發展也十分樂觀。但考慮到每次都要帶客戶去日本，一方面出國的過程耗費時間，另一方面也佔用到東京設計中心的人力和資源。所以，總社建議我們在台灣買機器和軟體，建立與日本相同的流程。最終是希望客戶不用再去日本，所有動作都可以在台灣完成。這當然不是一蹴可幾，但先把軟硬體設備準備好再說。

我在公司月會時報告這件事。只要麥可出差，我們部門就會由我和小泉代表去參加月會。在場的白熊先生聽到了。如今他的研發中心有三四十個工程師，買了一堆機器。他當場就發言說，今天賣機器的廠商剛好到他的部門進行例行性維護，他會介紹給我認識。

公司月會結束後，我就到白熊先生的部門，認識了湯副理。湯副理簡單瞭解一下我們部門的需求，跟我說，下次會帶業務一起來拜訪。

幾天之後，一個約定好的早晨，雪莉打電話進來給我：「外面有兩個訪客喔，其中一個是常來研發部的湯副理。他說跟你有約。」

「對，我跟他約好的。麻煩妳先帶他們到會議室，我隨後就到。」

講完我就到會議室。打開門，一眼就認出湯副理。但很意外另一位卻是個女生。經過適當打扮，看起來非常耀眼漂亮的女生。

當我坐下來時，講了一句話。後來我回想，這句聽似單純的話或許有我意想不到深遠的影響。我並不是一個長於言詞的人，不懂得如何講話來討好別人，也許那個五月天天氣太好，感染了我的心情。在沒有預期的情況下，看到一個美麗的倩影，那一句話就脫口而出，完全反映我真實的第一印象。

我說了：「哇，湯副理，你們公司的業務都長得這麼漂亮啊。」

我讚美的表情是很真誠自然的，應該不會有人懷疑我是在說客套話。所以，當場那位女生便飛紅了雙頰。

「葉老闆，您真會講話。」那位女業務有點不好意思的回我。

「我是說真的。」我還認真地補上一句。她笑得更燦爛。

我們互換了名片，她的名字叫，洪心美。

心美確實是長得很標緻的一個女生，而漂亮就在那張臉。稍黑的眉毛，晶亮的眼睛，高挺的鼻子與小小的薄唇，搭在整燙過的齊肩長髮之下。雖然皮膚不像雪莉那麼白皙，但整體搭配起來，就是一張很耐看的臉。尤其她笑的時候。而她是個業務，所以從頭到尾都掛著笑容。

這場會面是非常愉快的，雖然只有半小時，大概是因為我心情很好。我們確認了一下我所需要的工作站型號和數量，就結束。

隔幾天心美打電話給我，很客氣的跟我比對工作站的規格，也跟我小聊一下，然後約好下週要帶報價單過來。當天她就一個人來了。

這次再來，不知怎地我們好像變成好朋友了，其實才第三次說話。

「葉老闆，最近生意好吧。」她說，帶著一樣漂亮的笑容。

「不要叫我葉老闆，我只是個小工程師而已。」

「客戶就是我們的老闆啊，我們的業績得靠你們呦。」

「我的上面還有小泉和麥可，是他們決定。我只是寫寫報告。」

「你只要多美言幾句，案子就是我們的啦，所以你很重要。」

「我是真正動手的人，比較瞭解實際的需求而已。」

「研發部的工程師都說，你們部門是你決定。大家那麼看重你，你一定很紅，將來很有前途。」

「他們在開玩笑啦。我哪有紅啊。不要太黑就好了。」

「你好客氣喔，難怪他們都稱讚你。」

「嘿，妳一直在灌我迷湯，意圖很明顯呦。」

「我哪有啊。只是實話實說。不管啦，你報告裡要寫我們好話喔。你看我們公司和你們公司離得那麼近，兩邊的人又熟，將來機器如果有問題，維修也比較迅速方便。」

「會啦，會啦。我也知道雙方近一點，將來維修比較方便。」

我很想維持公平的態度，但面對心美顯得有點難。她不只是漂亮而已。

「另外一家公司有沒有跟你們接觸？」心美問。

究竟是個業務，她也注意到必須提防對手的競爭。

「當然有，他們也會報價。」

「你會選哪家？如果兩家的報價差不多。」

因為我們是個小部門，這次買的機器不多，金額不高，所以是鐵定不會差太多的。這時候我的意見就很重要，小泉和麥可很可能就直接授權給我，哪一家比較方便就用哪家。

「你們家，因為業務長得很漂亮。哈哈哈。」這次我講的就是客套話囉，但也是在讚美心美，拉近雙方的距離。

「哎喲，你真會講話。我一定給你最低的價格，無論如何你這客戶我要定了。哈哈哈。」心美也爽朗的笑出來，彷彿這門生意已經定案。

這樣也很好，以後心美會常來。平常沉悶的工作中，看見漂亮的人，精神應該會立刻變好。

心美回去後，每隔兩三天就會打個電話過來。有時是問問對手有沒有什麼新動作，有時就純粹只是聊聊。這或許是她的職責，但更可能的是，她也喜歡找我聊天。

到了月底，比較了兩家的報價，我跟小泉和麥可報告後，正式通知心美，他們拿到了這次採購。心美在電話中很高興，跟我說：「太好了，你變成我的客戶了。等簽約完成後，我請你吃飯，我們去慶祝一下。」

簽完約後，心美真的找一天中午，訂了一家平價法國餐廳，就只有我們兩個人一起吃中飯。

「太好了，你成為我的客戶囉。」

「我們公司對所有客戶都有準備一筆預算，可以請客戶吃飯。所以，今天隨便你點，公司付錢啊。」心美帶著愉快的心情提醒我。但我不是那種喜歡趁機大吃大喝的人，還是點了比較方便的商業午餐。

「你點的那麼便宜。那也沒關係，我們間隔一陣子多吃幾餐好了。我們副理一定會准的，浦生公司是我們的重要客戶。」

白熊先生的研發部和我們部門都跟心美的公司買機器，可是白熊先生買的數目可就多很多。如果說浦生公司是重要客戶，那我絕對是沾他們部門的光。

「我們如果多吃幾餐，會不會把笹崎先生部門的預算都吃了。這樣好像不大公平，是吧。呵呵。」我問心美。

「不會啦。他們部門的工程師都很老實，不會想到特地要吃飯啦。」

有關這次採購，事實上我是附和研發部門的決定，跟同一家廠商買機器，並不是特別對心美偏心。但現在要吃飯慶祝，心美只找我，這就比較特別。這件事當然只有我們兩個人知道，雖然有點不好意思，但在她和我雙方都有意願的情況下，也就悄然接受。

這次吃飯我們聊得很多，所以我對心美也就比較瞭解。她來自高雄，父親早逝，和當女工的媽媽、年幼的弟弟相依為命。為了減輕媽媽的負擔，商職畢業後就投身職場。但在南部，找不到什麼好工作。一個偶然的機會下，有人介紹了目前的業務職缺。因為薪水高上許多，所以她也就決然北上就職，而寄宿在一個親戚家。

因為心美是個吃過苦的人，所以懂得觀察別人臉色，體會別人的想法。她很珍惜目前的工作，所以做事總是全力以赴。可以說只要是工作需要，她一定是二十四小時待命，全年無休。

雖說我是她的客戶，她對我好似乎也是職業本能之必然。但我從我們的言詞之中發覺，她應該不單單只是因為工作，才跟我來往。我覺得我們很快地變成朋友，而且是個性相合的好朋友。

「嘿，你知道嗎？你一定是我客戶，跑不掉的啦。因為我們事先有跟競爭對手打過招呼。」用餐快結束時，心美悄悄跟我說。

「什麼意思？你們和競爭對手聯合，是這樣嗎？」我問。

「我們公司內部決定要拿下你們，所以先去跟對手喬好了，要他們報高一點。」

「但這是有交換條件的。另一個正在洽談的桃園客戶案子，換我們報高一點，讓給他們。」

「什麼？搓湯圓？」我倒有點訝異。

「唉呀，這沒什麼啦，這個行業常常這麼做的。如果老是相殺，殺到彼此都無利可圖，交貨的品質也會變差。所以，一些金額不太高的案子，我們會這麼做，先跟對手喬好。」

「但是如果是金額很大的新案子，尤其是政府標案，那大概就只能硬碰硬，看誰比較有辦法囉。」

心美倒是對我很坦白，其實我也應該預想得到。因為從一開始，競爭對手就沒有顯現很積極的態度。不過，沒有關係，我完全不在意，只要是結果符合我的預期。

「你們是很好的客戶，工程師都很單純，沒有什麼太多的要求。」這是心美的結論。

「並不是每個客戶都像你們這樣的。有些客戶就沒那麼單純。以後慢慢的我再告訴你。」顯然心美有很多故事可說，但她不急，以後還有機會。

心美回去後，每週都會打電話過來跟我聊聊天，而每隔幾個月，我們就會約吃飯。所以，有很長一段時間，最常跟我說話的女生是心美，而不是其他人。雖然我喜歡雪莉，但是不論任何事情、有任何機會，摩里斯和安雄總是走在我前面。我也很喜歡找依姊聊天，但我總是在等待，永遠不知道依姊何時才會打電話來。所以，我剛開始工作的這些日子，跟我距離最近的反而是心美。

到了快八月底，事情開始有些變化。因為公司旅遊要到了。今年是三天兩夜澎湖行。除了員工免費之外，公司還允許每個人可以攜帶一位眷屬或朋友，有一半的補助。

我單身在外居住，當然沒有眷屬，也沒有什麼親密的朋友可以同行。我突然想到依姊。如果她願意的話，倒是可以跟我一起去。

依姊沒有去過澎湖，剛聽我的建議時，覺得不大合適，所以沒有立刻點頭。但經過幾天考慮之後，反正也只是一趟旅遊，我又很誠摯的邀約，她同意了。

然而在填表格時，寫朋友還是有點怪怪的。所以我跟依姊建議，可以冒充我的表姊。我有一個表姊住在三重，當我在台北讀書時對我很照顧。天氣冷時會送棉被，過節時會送我粽子。我要依姊那三天當我的三重表姊，她也同意。

所以，依姊就和她的表弟一起參加公司旅遊，出發去澎湖。

出發那天天很藍，跟我們初遇的那一天很像。只是搭飛機時，我改讓依姊坐在窗側，而且快抵達的時候，也沒有看到富士山。但這無所謂，依姊心情很好，我的耳旁一直是她清脆的話語和笑聲。

如果記憶可以選擇，高空上的時光我一定好好珍藏。只有引擎的轟隆聲，窗外是單調的藍，我們好像與世隔絕，時光悄悄停下來。我們當時就是這樣開始的，如果飛機可以不停飛，我們就可以享受這樣的親密，一直延續下去。

飛機還是降落了。

抵達澎湖之後，旅行社領隊帶我們去看了幾個景點，然後就準備搭船去吉貝島。那是我們第一晚過夜的地方。

在碼頭時已經感受到有些風了。海浪敲打著水泥岸邊，不斷揚起碎碎的浪花，走上船時，地板還會左右搖晃。對我而言，只是一趟新奇的體驗。但對依姊來說，似乎不只如此。看她舉步，小心翼翼，有如走高空繩索。如果不是眾人的目光在，我會直接過去扶她。

船是有甲板和內艙的。剛開始還有幾個人站在甲板上欣賞風景，但等到船出海，風浪愈來愈大，便全部退到內艙裡坐下。再過一陣子，渡船搖成雲霄飛車。迎著浪時，高高升起，浪頭一過，又重重滑落。風浪太大，船還停了引擎，隨波逐流。旁邊的依姊不斷輕呼：「好可怕，好可怕。」臉色變得蒼白。看得出她很緊張，終於，她的左手不自覺的伸過來，我立刻出手承接。我緊緊抓著依姊的手臂，我們十指相扣。

依姊的手是嫩的，身體是軟的。風浪來襲，我張開堤岸，讓她安心入港。於是，依姊慢慢鎮定下來，我在關鍵時刻能夠成為她的依靠，獲得她的信賴，內心裡有點陶然。

如果船可以一直開也很好。但它跟飛機一樣，都有它的終點。

抵達碼頭，風浪沒了，一切立刻恢復正常。我們放開手，肩並肩走著，再次隔著常人的距離。

「搖得好厲害啊，我從沒搭過這樣的船。」依姊說。

「我也是第一次碰到。」我回。

「有幾個時候，連引擎都停機，我好擔心會翻船啊。我又不會游泳，那可慘啦。」

「不用擔心，我會游泳，一定過去救妳的。」我笑說。

依姊轉過頭來看著我，臉上還是堆著笑：「那不行喏，我會把我們兩個都拖下去。」

依姊突然想到什麼，湊近我的耳旁小聲說：「噢，我們還不能一起沉下去耶。這樣人家會發現，我怎麼偷偷跑來你們的公司旅遊，既不是眷屬也不是女朋友。呵呵。」

換我轉過頭，看著她笑個不停，不知道該怎麼說。

「希望回去的時候，不要搖得這麼厲害啊。」她真的有點擔心。

我倒是完全不擔心。

旅行社安排了遊覽車，直接把我們送到吉貝的海灘去。因為已經接近黃昏，並不適合游泳。但白色的沙灘非常漂亮，金黃的陽光閃爍在海面更是迷人，真的是難得一見的美麗景色。雖然大老遠跑這一趟，但每個人都享受到豐沛的回報。

晚餐後，旅行社在沙灘上升起火堆，舉行營火晚會。在嬉鬧聲中，各個部門事先準備的節目一個個上場。我們部門每一個人都有參與，表演的是一齣喜劇，或者說是鬧劇。但既不是專業演員，也沒有事先好好排練，結果不是忘詞，就是穿幫。反正大家一直在笑，目的達到了，每個人都很高興。依姊只是在一旁當觀眾，我下場時，看到她的燦笑，也非常開心。

營火晚會結束後，大家分批洗澡。還在等待的就在沙灘上散步看星星，但不能走太遠。沒有燈光的海邊，什麼都看不到，只聽得規律的海濤聲。

我和依姊走得稍遠一點，等到別人都看不見我們了，才在沙灘上坐下。頭頂上是我從來沒見過的星空，星星多到居然可以用「擁擠」這兩個字來形容，很難令人相信。我試著想要在天空中辨別出什麼星座，但星光太燦爛，完全認不出來。

「哇，這星空好漂亮，從來沒見過。」依姊說。

「我也是第一次看到這麼多的星星。」我說。

我們沉默了一陣子，靜靜享受海風拂臉，海濤灌進耳蝸，眼中閃耀著滿天群星，讓美景溫柔地收服我們。

「原來『滿天星』就是這個樣子。」依姊說。

「妳果然是賣花的，想的還是花。」

「職業本能囉。看到太陽升起，就想到向日葵。」依姊說。

「這就是妳的專業啦，不然妳怎麼當花店老闆。」

「其實我並不是學植物的，我對花草的瞭解是因為那間花店。我記得我跟你說過，那間花店和我住的房子原本都是玲達阿姨的。」

「很羨慕妳有這麼好的一個阿姨。」我說。

「其實玲達阿姨並不是真的是我親戚，她是我媽媽在商專念書時的好朋友。」

「她們是非常要好的好朋友。」依姊特別重複一遍。

「她和我媽媽從學生時代開始感情就很好，一路從學校到進社會工作，甚至是結婚生子。」

「只是媽媽的好朋友而已，居然對妳這麼好？」

「好朋友只是原因之一啦，當然還有其他原因。」

「她們出社會工作沒幾年，就先後結婚。我媽早一點結婚，生下一個女兒。也就是我。玲達阿姨晚一點，則生了一個兒子。」

「到這裡一路順遂，兩個好朋友的命運也都很相似。」

「如果只是這樣，那就好了。但這世界好像沒有那麼好的事，幸福都只是一陣子，沒有永遠。」

「妳的意思是，再來就不好了嗎？」

依姊停頓了一下，聽得出來，聲調有點遲疑。但她知道我在等待，故事聽了一半，所以還是繼續講。

「對的，再來就很不好了。」

「嗯，兩個人都先後離婚。」

「什麼？」我嚇了一大跳，沒有預期這樣的發展。依姊再停頓了一下，好像是在等我平靜，或者是讓她自己平靜。

「我爸爸有外遇，玲達阿姨的先生也有外遇，先後都離婚。沒想到兩個人這種壞運也相同啊，真的是好朋友。」聽得出來，依姊淡淡的悲傷。

「怎麼會這樣，兩個人居然連這種命運也相同。」我感到非常意外。

「不只這樣而已啊，還有更悲慘的。」

「不會吧，還有更悲慘的。」我幾乎要驚呼。

「嗯，在我讀大學的時候，我媽媽得了癌症過世。」

「天呀！妳媽媽，我覺得很遺憾。」我不知道該怎麼說了。離婚又病逝，實在令我很震驚。沒想到依姊有那麼悲慘的過去，真替依姊感到心疼。

「還好啦，都過去了。」依姊說。

「但在當時確實是很難過的一件事。自從我爸媽離婚之後，就我和我媽兩個人相依為命。所以我媽過世，對我打擊很大，我非常難過。她剛過世時，我天天哭，想到就哭。」

「會想哭應該也是很自然的一件事。」

「只是到了告別式那天，我卻突然哭不出來了。不知道為什麼，也許是眼淚已經流乾了。」

「結果那天玲達阿姨哭得比我還嚴重，哭得都站不起來。她和我媽兩個人感情那麼好，命運也一樣坎坷，卻沒想到我媽先走。告別式那天玲達阿姨抱著我痛哭，一直說著，要我媽一路好走，她一定會好好照顧我。」

「即使到現在，想到當時的場景，我還是覺得難過。」依姊的聲音有點哽咽。

雖然我看不清依姊的面容，但是我感覺豆大的淚珠正緩緩的滑下她的臉頰。我很自然把手伸過去攬著她的肩膀，安慰她，讓她靠向自己的胸前。依姊沒有拒絕，繼續說。

「大學畢業後，玲達阿姨就把我拉過去住一起，就是現在的房子。她要我跟著她一起經營花店，把我當女兒一樣照顧。」

「咦，那她兒子咧？也一起住嗎？」我問。

「沒有。她先生那邊是個大家族，很有錢。所以，兒子國中一畢業，就送去美國親戚那邊念書。阿姨只能偶而飛過去看看他。兒子大部分時間不在身邊，玲達阿姨其實也很寂寞，還好有我陪伴。」

「兩三年前，她兒子從學校畢業，找到工作，買了房子，就在美國定居，不再回來。玲達阿姨面臨很困難的選擇，繼續待在這裡，幾乎就看不到兒子。」

「後來她問我，要不要跟她一起去美國？她知道我會拒絕，怎麼也不會想要離開這裡。所以，她就決定把房子和花店都留給我。萬一將來改變主意了，要我一定要到美國去找她，隨時歡迎我。」

「就這樣，她去了美國，我留了下來。」

「妳的故事還真曲折，真的為妳感到有點不捨。親近的人都沒能留在身邊，爸爸、媽媽、玲達阿姨。」我說：「還好，最後妳選擇留下來，否則我就沒有機會在飛機上遇到妳。」

我用手摟摟依姊的肩膀，讓氣氛變得比較緩和些。我把另一隻手也伸過去，輕撫她的臉龐，替她把淚珠抹去。我的內心裡滿是憐惜與疼愛。而持續的風拂、濤聲和星光，讓不經意帶起的傷痛漸漸淡去。

「為什麼妳沒有想跟玲達阿姨去美國？妳在這裡還有親人嗎？因為爸爸嗎？」我問。

「我爸爸已經另組家庭，而且也有子女。因為我們兩家不來往，所以我也沒見過我的異母弟妹。不是因為我爸爸。」

「那為什麼不去美國，而且玲達阿姨好像也知道妳會選擇留下？」

「因為……因為我有要好的男朋友。」
這已經不只是震驚了，一個晚上突然知道那麼多事，我像洗了一場三溫暖，時熱時冷，都不知道要如何來反應了。有那麼一剎那，我猶豫著要不要把手抽回來，但立刻放棄這種想法，反而攬得更緊些，怕依姊跑掉似的。
「什麼，妳有男朋友。」我訝異說。
「是啊，而且已經交往很久囉。」依姊平靜的說。
「他是我小學的同班同學，從小一起生活長大，我們算是青梅竹馬。你知道我從父母離婚之後，就只有媽媽。所以，談心的對象，除了媽媽之外，就是他。」
「他對我很好，求學的過程中，在最辛苦的時候，一直陪伴在我身旁。」
「所以，你們感情很好？」我問。
「很好啊，一直到今天還是很好啊。」
這解釋了一切。前幾次我在依姊家吃飯時，讚美她的手藝，曾經開玩笑，要到她家搭伙。當時她沒答腔，算是委婉地拒絕。現在知道為什麼了。
「他對我很好，他什麼都好。但他只是有個小問題，他很好強。」
「他從小就是，做什麼事都要做到最好，成績要最好，跑步要最快。他就是要當Ace。所以連取個英文名字都要用A開頭的。所以，我都叫他A先生。」
「A先生從學校畢業之後，就努力工作。在他的心裡，永遠是事業擺第一，其他都是其次。也就是說，為了事業，他可以犧牲一切。」

「A先生是從事哪個行業？」我問。

「政治。」

這倒是很出我意外，一個好強的人選擇政治這條偏僻辛苦的路。這樣的人應該不多吧，我想是有原因的。

「他為什麼會走政治這條路呢？」

「A先生的爸爸曾經當過鎮長，是地方上有頭有臉的人物。他從小生活在爸爸身旁，耳濡目染，長大後很自然就想當個政治人物。」

「原來如此，但是，政治這條路很辛苦啊。」

「是啊，非常辛苦。A先生從桃園縣一個縣議員的助理開始做的。熬了好多年，好不容易熬成辦公室主任。他所期望的就是哪天可以當上縣議員。」

「要當這樣的政治人物，交際應酬非常多。他大部分時間在桃園縣選區奔走，所以我們很少有機會見面。我總是在等他。」

「他也知道這種情形，對我不好，對我也不公平。所以，他曾經明示暗示，如果我可以遇到更好的人，那就不要等他。」

「他這樣做，很傷人哪，我們是青梅竹馬一路上來的人。」

聽依姊這樣說，我的心情變得很複雜。一方面知道依姊對A先生的感情，另一方面也瞭解這並非不可改變，如果我想要留在依姊身邊。

「如果是這樣，那我有機會嗎？我不會讓依姊等的。」不知怎地，我很勇敢地說出我的要求。我說出了心裡話，我喜歡依姊。

依姊愣在那裡，什麼話都沒說，也許她需要一段時間沉澱一下。

「依姊可以當這是一場競爭，公平的競爭。」我再補上自己的看法。

原本愣在那裡的依姊居然笑了，笑得有點大聲，她笑著說：「傻瓜，你以為這是比賽啊，應該不是這樣的啦。」她繼續說：「愛情不會是公平競爭，愛情本來就是偏心的結果。」

我感到一種酸中帶甜的滋味，但原在一團迷霧中的感情終究變得明朗了。我不用懷疑，也不用再猜忌，只要真誠說出自己的想法。

「不管妳怎麼偏心。我只希望妳在我身邊時，心在我這邊。」

我說完後，依姊定定地看著我，一動也不動。這句話顯然對依姊有了巨大的衝擊。我的身體不自覺的往前移過去。原本模糊的依姊面容慢慢有了更清楚的輪廓。依姊沒有閃躲，我看著她閉上眼。等我們貼近到彼此的氣息在對方臉上時，我的雙唇直接就貼上依姊的雙唇。我們擁抱在一起，我的雙手在依姊的柔軟的背部游移，她則癱倒在我懷裡。

等我們的吻結束，還是抱在一起。我在她耳邊低聲說：「能遇上妳，我真的覺得自己很幸運。」

「你真的是很溫柔很體貼的一個人。」她回我。

依姊不再說她過去的故事，也不再提A先生。

雖然我們眼前是漆黑的，但未來的路卻變得清楚了。

我們靜靜的沉浸在美景之中，讓滿天星斗平緩心中洶湧的感情。我不知道依姊是如何想，但我內心是很激動的。原來我們之間還有個A先生，而我才是最後的加入者，但依姊沒有反對我的存在。我說這是一場競爭，那麼我該如何做呢？我的心沉溺在溫情中，思緒一片混亂，還需要時間想一想。

過了好一會兒，我們才轉換話題，改去聊今天看到的風景，還有我們部門的同事。依姊說，艾咪很有個性，雪莉很可愛，摩里斯和安雄都很有趣。而小泉先生真的長得像我所講的，熊貓。

再聊一會兒，我們就起身回去，像戀人一樣，手牽著手。當我們走回去時，天一樣黑，星光一樣燦爛，但我的內心已經完全不同，彷彿進入一個全新的世界。我們直走到住宿區，她回女生的小木屋，我才回男生的。

這一整天的旅遊雖然令人疲累，我卻很難入眠。各種感受在我腦海中翻攪。對於依姊，我感覺既親密又疏離。在我身邊時，當然甜蜜。但分開時，我就沒把握，仍然在她心上。唯一可以確定的是，我不用再遮遮掩掩，依姊已經清楚知道我對她的感情。

第二天我們又搭船回本島，但這次沒有風浪，依姊也就沒有蒼白的臉色。她回復成我表姊的身份，我們也就得稍微保持一點距離。

第三天即將離開澎湖，中午我們在飯店旁邊的海鮮餐廳用餐。我們部門同桌，雪莉坐在我和依姊的對面。她的一邊是摩里斯和安雄，另一邊則是艾咪。

剛結束一趟美好的遊程，大家心情都很好。在等餐聊天的過程中，提到搭渡輪到吉貝島這一段，風浪大到好像要翻船，突然讓雪莉想到一個笑話。

「可是這笑話有點色。」雪莉不好意思地說，有些害羞。

「那有什麼關係，我們都是成年人啦，妳就講吧。」摩里斯說。

「講黃色笑話，這樣好嗎？這樣會破壞我的形象啦。」雪莉說。

「妳就講啦，不要吊大家胃口，反正妳本來就沒什麼形象了。」還是艾咪單刀直入比較爽快。

雪莉還是支支吾吾老半天，大家一直催促她講。終於，幾番猶豫之後，她說了：「你們有聽過三個女人在荒島求生的故事嗎？」所有人都搖頭。但是雪莉還沒說，光看她的表情，每個人都準備要笑了。

雪莉開始說故事。

有祖孫三個女人在一次船難後倖存，漂流到荒島上。三個月後又發生一次船難，這次只有一個年輕的男人活下來，而且同樣漂流到荒島上。沒有性生活三個月的祖孫三人，決定要輪流與男人做愛。但為求公平起見，三個人說好了，一面做愛要一面報數，只能數到五，就必須換人。

大家決定由年紀最小的先開始。從小到老，再輪回孫女。年輕的孫女害羞，很快就數到五。輪到熟年的媽媽，比較有經驗，拉長聲調，故意慢慢地數到五。而最後是經驗最豐富的外婆，她的報數出了所有人的意料之外。

雪莉一面說一面笑，斷斷續續的差點講不下去，當她說到外婆報著數：「一、二、三、四。二、二、三、四。三、二、三、四。再來、三、四。」怎麼都數不到五時，所有人都笑歪了。艾咪笑得雙頰都羞紅，安雄一隻手遮著嘴笑，摩里斯則是不停用手敲打著桌面，大聲叫好，薑是老的辣。

旅遊結束，這個笑話卻留下來了。後來好一陣子，摩里斯看到雪莉，不再稱呼雪莉她的名字，都暱稱她為「一二三四」。直到有次雪莉惡狠狠地瞪他，叫他閉嘴，才結束這樣的取笑。

聽完笑話，依姊轉身向我說：「你們家雪莉真是可愛啊！」她瞇著眼、笑盈盈的，在我眼中非常迷人。我在桌子下伸過手去，握著她的手，她沒有拒絕。我的心中已然明白，雪莉不見了，這個夏天，我讓依潔走進了我的生命。

五、不用說再見

從澎湖回來後，我不再等電話。當我想依潔時，就會打電話去跟她聊天，順便問她是否有空。有空就可以一起吃個晚餐。雖然大部份時候，她都回說很忙，我也不想知道她忙些什麼，那是我們之間的默契。但這樣的關係已經讓我很滿足。

每天繼續工作。除了原先拜訪客戶、支援客戶去東京的任務外，也忙於建立新的軟硬體系統。技術方面的工作都是由我帶領安雄、摩里斯一起做，麥可常常不見蹤影。我們猜想他應該是四處去開發新業務。他是直屬上司，我們也不方便多加過問。但是我注意到，有時開部門會議時，麥可和熊貓先生意見不同，他的口氣不大好。這時我就會覺得，熊貓真是一個好人，他很惜才，願意容忍不同的聲音。

我和安雄、摩里斯都是單身，白天忙工作，下班之後就沒事做，於是想到要運動。所以，聯合其他部門有興趣的同仁，申請成立一個羽球社，獲得公司福利委員會部分補助，我們去民生社區的介壽國中租了一面羽球場，每週一次固定一起打球。

通常週三下班時，如果事情不多，我會準時離開。先回內湖租處，換了衣服，吃過飯，提了球具，才開車到介壽國中打球。我固定把車子停在學校旁邊的一條巷子裡。有次心美打電話過來聊天，我無意中講到打球這件事。

「喔，你們打羽毛球，很健康喔。」心美說。
「對啊，我們成立了一個羽球社，每週三晚上打球。」
「在哪裡？」
「介壽國中。」
「那裡離我們公司不遠耶。」心美說。雖說是不遠，但也有兩個街區的距離。
「幾點打球？」
「八點打到十點。」
「你下班直接過去球場？好像太早了。」
「沒有。我會先回家換衣服，吃過晚餐，再開車過來。」
「我有時工作比較晚，那我可以過去找你嗎？打球結束的時候。」心美這樣問時，讓我嚇一跳。
「別開玩笑了，妳怎麼可能在公司待那麼晚，會過勞啊。」
「你知道我們這工作的，隨時要待命，有時候就會工作到那麼晚。」
「好啊。如果妳真的工作到那麼晚來找我，我就載妳回家。通常我會把車停在旁邊的巷子裡。」
「好喔。」
話雖然這麼說，我總覺得不大可能發生。那個巷子有點偏僻，黑漆漆的，晚上十點並不是見面的好地方。

十月的一個晚上，當我打完球，回到車子旁邊，準備要開車回家時。伸手到駕駛座把手，突然發現把手裡塞著異物。把它拿出來看，是一張紙條。我打開讀，上面寫著：

「嘿，我來了，就在車子附近，可以載我回家嗎？」

雖然只有短短幾個字，但卻給我滿滿的驚喜。心美還真的來了。

我抬頭四望，這巷子一邊停滿車。就在離我二十公尺遠的某輛車後，突然走出一個人，穿著有點喜氣的橘紅色套裝。雖然看不清楚面容，但我確定那就是心美。她帶著微笑，向著我走過來。

「妳等很久了嗎？」

「沒有，我看準時間，才剛到。」

「哇，妳穿得那麼漂亮，為了來坐我的車？」我不敢置信。

「你覺得咧？」心美比我矮半顆頭。她仰著臉，露出調皮的神色。

「不大可能吧，我開的是二手車，而且全身都是汗。」

「哈哈哈，你知道就好。」還是有點調皮的模樣。

我開了車門，讓她上車。我也坐下，開車之前先聊天。

「沒有啦。今天晚上一個客戶結婚，我代表公司去送紅包。婚宴結束後回公司工作，快十點才走過來。要讓你送回家。」心美是個好心的女生，不會戲弄我太久。

「原來如此。那也不錯啊，公司出錢，妳吃大餐。」

「吃大餐是沒錯，但是有點無聊啊，沒有什麼認識的人。」

「有好東西，管他有什麼認識的人，專心吃就好。羨慕喔。」我說。

「羨慕？下次你去吃吃看，看好不好玩。」心美想了一下，才繼續說：「不然這樣好了。你跟我一起去，這樣也有個伴可以講講話。」

「什麼？我又不是你們公司的員工，我去幹嘛。」

「沒有關係啦，根本不會有人認識我們。就像你說的，專心吃東西就好。」

「萬一吃飯聊天，旁邊的人問起咧，怎麼回答？」

「就說是廠商啊。沒有人規定一個廠商只能派一個人喝喜酒。」心美一邊說又一邊顯露出古靈精怪的眼神。「不會有人管你是不是廠商派來的啦。誰會吃飽了太閒，還去查證。」

心美究竟是業務，腦筋動得快。要在這座複雜的大城生存並不容易，這或許是她長年練就的職業本領。她的提議很有意思，反正只是吃頓飯而已。

我發動車子，往她的親戚家方向開去。

「你有沒有想我？這兩週沒有人打電話吵你。」心美說。我是有注意到這一陣子好像都沒有接到她的來電。

「有有有。不過，我想妳可能在忙。」我說。

「什麼在忙，你都忘記了。」

我心底嚇一跳。我忘記了，她跟我說過什麼？我的表情證實了我的記憶。
「吼，你看，你真的忘記了。」
「我有跟你說過啊。這兩週我出差去美國，回原廠開會和訓練。」
「啊，對，妳跟我說過了。但我沒想到那麼久，我以為只是兩三天。」
「哇，妳英文一定很好，開會開那麼多天。」我說。
「哪是啊，我的英文超爛的。我是跟我們副理一起去，他負責開會，我負責玩。開會也只有兩天。好不容易有機會去美國，不要浪費機票，所以多請幾天假，在美國玩了一週啦。」
心美是個很努力的人，前半生很辛苦，趁機犒賞一下自己也是應該的。
「那多玩這幾天要花不少錢喔。」我說。
「是啊，這是重點。所以，我用盡一切方法省錢啊。省吃儉用，到處找折價券。為了省旅館房間錢，我和我副理還住同一間房哩。」
「什麼。」我嚇得目瞪口呆。如果沒有什麼特殊關係，這也未免太大膽了。
「你不要想歪了。我跟我副理一點關係都沒有，各睡各的床啦。」
「可是你長得那麼漂亮，誰忍得住啊，半夜就爬上妳的床。」我是有點開玩笑。
「不會啦，我安全的很。每天等我洗澡出來，我副理都已經進入夢鄉。」
「什麼，難道妳不是他喜歡的類型？你副理也未免太挑剔了。」我還是開玩笑。
「不是啦，他是正人君子。只不過。」心美猶豫了一下。「我跟你說，但你不要說出去喔。」

「我覺得我們副理是同性戀。」

這很令人震撼。

「哇，這不能隨便說耶。妳不能憑著妳的臆測隨便亂講，會害人家找不到女朋友。」

「不會啦，你要相信女人的直覺。」心美繼續：「我們要出國前，我去跟我們副理提議合住一個房間來省旅館費。那時他正在他位置上忙，連頭都沒抬起來，也沒仔細問，就說，好啊。」

「沒有任何表情，好像這是一件很自然的事。」

「什麼。難道我不能暗爽，高興在心裡啊。這樣就認為人家是同性戀。」

「也不只是這樣啦。有很多地方可以感覺得出來。」心美繼續說。

「譬如有一次我和副理去新竹拜訪一位客戶。那個客戶長得高大又帥氣，是非常開朗健談的一個人。他們兩個人見面一直聊一直聊，從籃球、壘球、NBA、電影、音樂，什麼都聊。他們兩個互聊，我坐在中間，居然插不上嘴。」心美轉頭向我：「我長的還不錯吧。」

「簡直美若天仙。」我立刻回答。

「謝謝你喔，嘴這麼甜。」

「他們把我當空氣耶，一個多小時的時間，完全不理我。我根本就是多的。而且從此以後，那個客戶不論大小事，我副理都自己跑。哪怕是螺絲掉了這種小事，也都不需要我過問。

他們兩個彼此喜歡，這不是很明顯嗎？」

「你看，你們部門如果有事，除非是技術方面的事我不懂，不然都是我來處理，直接找你。一樣的意思啊。」心美很篤定的說。

她的意思是，她的副理遇到新竹那位客戶，就好像她遇到我一樣的情況嗎？聽到心美這樣說，我只能傻笑。她真的是一個很特殊的朋友，很難被精確定義。但我確實也很喜歡跟她在一起，一起開心聊天。

我送她到重慶北路之後，就讓她下車，並互道晚安。我在開車回家時回想，覺得她真是個漂亮可愛又有趣的女生。我也喜歡我們這種奇特的關係。

幾個月之後，她居然又有一個客戶要結婚。這次她要求我跟她一起去，我也同意。但去之前，我們兩個討論了一下。如果旁邊的人問，我們要怎麼回答，會不會穿幫。沒有結論，反正現場看情況，到時候再說。

那天我穿西裝，她穿著一套水藍的套裝。我開車載著她，到中山北路上一個好像是以前美軍招待所的地方。我們兩個坐在餐廳的角落喝喜酒，沒有人多加注意。

我旁邊坐著一位六十多歲的老先生，跟我聊天。說他開五金行，是新郎的老鄰居，認識新郎的爸爸很久了。聊到一半，他突然問我，跟新郎是什麼關係。我幾乎是不假思索地指著旁邊的心美，並回他。

「新郎是我太太公司的客戶，我只是陪她來喝喜酒。」

依在我旁邊的心美聽到這句話，看著我，笑得像一朵燦開的花。我想，她完全不介意我這麼說。反而因為這句話，她有一個想像美好的夜晚。

麥可的情形有點嚴重，幾乎所有人都注意到了。剛開始只是白天工作的時候找不到人。後來連部門開會時，也不見蹤影。雖然麥可不在對我們部門的運作影響不大，基本上做最後決定的是小泉。但是他還是部門主管，有些事還是得讓他知道，譬如一些業務合約就需要他簽名。

小泉找不到麥可時，就會問艾咪，艾咪則覺得很無辜。她頂多只能打電話問各個部門找找看，她總不能規定她的上司在進出公司時要跟她報告。

不過，這還算是小事。這種不正常的狀況只侷限在部門裡，只要小泉願意容忍，而他是個脾氣很好的人，我們其他人也不會有什麼意見。但是十月底發生的事就有點麻煩。

那天下午，艾咪跑過來找我。她給我看麥可的班卡。我們上下班是需要打卡的，每天有上班下班兩個時間印記。到了月底，人事部會來回收班卡，計算每個員工的出席情形。請假或者遲到之類的統計。

「你看麥可的班卡。」艾咪說。

我嚇一大跳。二十幾個工作天中，有十幾天是空白。意思是如果不是請假，那就是沒來上班。

「要命。怎麼會這樣。他有請假嗎？」我問。

「沒有，我這裡沒有他的假單。一張都沒有。」

我們請假的流程是，個人寫好假單，交給艾咪。艾咪再拿給小泉核准，最後送到人事部。所以，所有的假單都會經過艾咪。

「怎麼辦？這樣交出去，他不就曠職。」艾咪說。

「不要立刻交出去。只要送到人事部那裡，公司知道，那就沒有退路了。先跟小泉說吧，問問他的意見。他或許會找麥可談一談，看怎麼解決。」

「好吧，也只能這樣做啦。」講完，艾咪就往小泉的位置走過去。

十五分鐘後，艾咪走回來，跟我說：「你看。」她又把麥可的班卡給我看。

我又嚇了一跳，因為小泉在所有空白的紀錄上都簽了名。公司規定，如果一個員工上下班時忘記打卡，就必須請他的直屬上司簽名，由上司證明該名員工有準時上下班。小泉等於幫麥可背書。

「那個沒出息的傢伙，居然完全沒問麥可，連談都沒談，就幫他簽名了。」艾咪有點生氣地說。

「老闆愛才啦，所以對麥可容忍，再給他機會。」我回她。

「愛才個頭啦。這根本是在逃避。這次不處理，萬一下個月又發生，怎麼辦。總不能每個月都在簽名啊。」

我突然想起，三月學運時，麥可跟我說的一番話。難道他是用這種方式在爭權益，雖然有點奇怪。

「妳知道嗎。麥可曾經跟我說過，他對只有台灣員工需要打卡這件事很有意見，也許他用這個方式在抗爭。」我繼續說：「如果是的話，他也是為了我們大家的權益。」

「屁啦。這哪是什麼抗爭。他可以天天準時上下班，努力工作，但就是不打卡啊。如果是這樣，那我就佩服他。哪有人用不來上班做抗爭。這也未免太爽了吧，這是哪門子抗爭啊。」

艾咪一席話說得我啞口無言。

我對麥可是有些感情的。上班的一開始，許多基本的技能，對總社的認識，對客戶的熟習，都是他教我的。所以我一直很尊敬他是我的上司。但艾咪不一樣，她一來就是冷眼旁觀。她知道誰的個性如何，誰很認真工作，誰會偷懶。我只能說，她的觀點與我不同，我的想法未必是正確的。

十一月底，一樣的空白班卡再度發生。

艾咪又拿去給小泉決定，小泉也一樣又簽了名。

「你看吧。麥可還是不打卡。我看根本沒來公司。」艾咪說。

「也許妳應該跟小泉建議一下，要跟麥可好好談，總不能這樣一直拖下去。」我說。

「講了啊。小泉說，他會處理。他會如何處理，我們等著看吧。」艾咪回答時，一副冷然的表情。

除了小泉之外，麥可是我們所有人的上司，但是真正的從屬感情卻不是公司規章所能制定。我和麥可之間多一點什麼的，其他人大概是無法理解。

大約兩週後，有天下午我出門拜訪客戶。結束之後回公司，經過大樓底下時，看到麥可站在大樓的另一邊抽煙。我又有好幾天沒有看到他。

他的左手橫伸在胸前，執菸的右手筆直的架在左手背上。他抬著頭，一口一口的煙往天空吹，好像我第一次見到他的模樣。雖然我不抽煙，但我總覺得他的動作很瀟灑。他究竟是個什麼樣的人呢？老實說我對他還是不夠瞭解。因為他有時展現的叛逆，讓我覺得他好像是個具有理想的抗爭者。但是他時而散漫的工作表現，卻顯現他缺乏自律的另一面。他在這兩個特質中擺盪。也許人都有他的多樣性，使我抓不住準確的答案。

經過他旁邊時，我跟他打了一下招呼。他沒說什麼，只給了我一個有點詭異的微笑，然後又繼續他的吞雲吐霧。

等我上樓回到座位後，艾咪立刻走了過來。

「解決了，解決了。」艾咪說。

「什麼解決了？」我問。

「小泉跟麥可談過，結果是，他在離職書上簽名了。」

「什麼？」出我意料之外，我其實還沒有做好這樣的心理準備。

「這樣最好，你不覺得嗎。」

「要不努力工作，要不就離開。不要這樣半吊子，要來不來上班的。對他自己的形象不好，也拖累我們部門。」

我知道艾咪講的有道理，但情感上我一下子難以接受。他究竟帶了我們一陣子，是我們的上司。

「這部門的業務是他創造出來的。如果沒有他，這部門說不定不存在。」我說。

「話是這樣講沒錯，但總不能因此，我們公司要養他一輩子啊。」艾咪繼續說。

「其實這一年多來，你成為技術的頭頭，工程師都跟你一起工作。而業務方面，後來的一些新進業務人員都可以處理得很好啊。說實話，麥可已經沒那麼重要。」

「如果他努力一點，做好老闆的工作。也許有一天，小泉會把他所有的工作全部交給他，然後回日本。但他非但不努力，還用曠職來『對抗』。什麼『對抗』，這要怪誰呢？」

「那他就這樣，沒了工作？這損失未免也太大。」我說。老實說，我有點擔心別的同事會說，因為我做得太好，結果逼走了麥可。但這根本不是事實，這一年多來我跟麥可一直合作得很愉快。

艾咪大概看出我的擔心。她想想之後說：「你不用擔心啦，麥可走，跟你一點關係都沒有。」

「我去業務部時，有聽到一個業務說，麥可好像去找了我們的一個客戶談，想要合資成立一家公司做生意。」艾咪說。

「是嗎？真的有成立一家公司？」我問。

「只是聽說而已。不過，如果真是這樣，那也就難怪他這一兩個月老是曠職。可能是忙自己的公司去了。」

「他是那種適合衝鋒陷陣的人。去衝自己的事業，可能比待在這裡做個規規矩矩的上班族合適。」

「他是那樣的一個人，沒錯。」聽艾咪的消息，我稍感寬心。

如果麥可離開我們公司之後，真的去成立自己的公司，開始自己的事業，我的感覺會好很多。如果有什麼可以幫忙的，我一定會竭盡全力。但是，那天之後，我就沒再見過麥可。我從來沒有機會對他說聲謝謝，也沒有機會跟他說再見。我對他的印象始終停留在紅太陽的那天下午，像個獨行俠，不被瞭解。而他最終選擇，走自己的路。

六、愛情在我們身旁

麥可走他自己的路，而我卻成了最大的受益者。

半年之後的四月，日本公司開始新的會計年度，並且公布升遷。小泉把我升成主任。雖然還不是麥可離職時的副理職位，但實質上正式宣告我負責管理整個部門。這當然表示公司對我的認可。進入公司不到兩年，就成為部門的主管，升遷算是很快。但是我心裡有小小的疑問。如果麥可沒有離開，輪得到我嗎？獲得這個機會，我是應該感謝公司的栽培，還是麥可的離職？

對這個問題探究得越深，是對自己殘忍。但完全不去考慮，則顯現自己的無知。我只能在內心裡默認，這就是職場輪替的殘酷現實。

然而，其他同事不會想那麼多，都是為我感到高興。艾咪、雪莉、安雄、摩里斯都覺得小泉這樣做是對的，這是我應得的。

我是升官了。

升成主任後，工作變動不大，但是還是稍有不同。

從此開始，我要負責簽核其他同事的假單，每個月固定代表部門參加公司月會，也有資格參與公司培養未來經理人的受訓活動。雖然小泉還是我的直屬老闆，可是他大部分工作只負責與日本總社的溝通協調。他把部門的規劃和管理完全交給我，只要我們的業績一直很好，他不會插手。我已經是一個擁有實權的小主管。

心美則從別的同事那裡知道這件事，打電話跟我道賀，問我要不要送盆花過來。我說千萬不要。她只是頑皮的嚇嚇我而已，我知道。真的送花過來，那就太招搖了。

我也打電話跟依潔說了。她也很高興，立刻跟我約了週五晚上到她家。她要做飯，替我慶祝一下。

聽到依潔招我過去，其實比自己獲得升遷，更讓我感到開心。

自從澎湖旅遊回來之後，我彷彿多了一點特權，可以直接打電話給依潔。但是每次通話，我總是小心翼翼的。一方面不讓依潔感覺到隱私被攪擾，另一方面更可能是怕不小心翻出A先生，刺傷了自己。A先生變成了我內心裡一塊隱藏的陰影。

當我想依潔時，剛開始會直接問她，可不可以到她那邊去，可不可以一起吃飯。她經常會以：「最近花店比較忙」、「今天剛好不方便」回覆我。真正原因可能是A先生的關係，但我從來不會追問到底。幾次經驗之後，我就不再這麼直接。我試著從她說話的語氣讀出可能的答案，但她的語調總是那麼輕快，不容易讀得出來。

她要我過去，我就不用揣測她的心思，這是最好的禮物。

週五晚上我依約到了她家樓下。她還是丟了鑰匙給我，讓我自己開門上二樓。

當我進門時，依潔站在門口，立刻伸出雙手輕拍我的臉頰，然後說：「你真的好棒，好優秀，這麼年輕就當主管。」她顯示親密的動作，讓我有點意外。

「沒有啦。就是運氣好一點，我老闆也欣賞我。」其實我內心裡想到的是麥可，但我沒有提及這個原因。

「你很努力，人緣也很好啊。去澎湖時，我就注意到。你跟同事相處十分融洽。工作除了能力之外，人際關係也很重要。」

「大家年紀相近，每天工作在一起，自然感情很好啊。」我說。

「當上主管，工作會比較多嗎？有不一樣嗎？」

「我覺得沒什麼不同，大部分工作我長期以來都在做。只除了一小部分。」

「哪一部分？」依潔問。

「現在其他同事要請假，報加班，或公差出門，都會先跟我報告。雖然我都會准，但是還是覺得不習慣，有一點點距離感了。」

「當主管本來就是這樣啊，隔一陣子你就會習慣。沒有問題的。」

「我一定得習慣，不然怎麼當主管。」

我們兩個相視而笑。然後，想起來我們是要一起晚餐的。

「你肚子餓不餓？晚餐還沒好喔，要稍微等一下。」

「還不會餓啦。有什麼需要我幫忙的地方嗎？」

依潔想一想，說：「不然你來做涼拌菜好了，我跟你說怎麼弄。」

我跟著依潔的腳步，走到了廚房。依潔要我先把手洗乾淨，才能動手。

「我們要做涼拌雞絲小黃瓜。先要把小黃瓜切絲。」

「這我會。上次做過了。」我笑著照著做，費了一段時間。

「切好了之後，放到大碗裡，加入一大湯匙的砂糖，用手下去拌，直到砂糖的顆粒都不見，有水流出來。」

於是，我伸手到碗裡拌小黃瓜和砂糖。剛開始有顆粒感，果真到最後融化不見了。然後把小黃瓜放到一旁，等了十分鐘，滲出許多黃瓜水。

「那是澀水，要倒掉。」依潔說。

另外，旁邊還有一盤已經蒸熟剝絲的雞胸肉。她要我把雞絲也放到大碗裡，加入一大匙已經切好的蒜末，還有一大匙的白醋、一小匙的辣椒醬和適量的鹽巴。然後用筷子把它們全部拌一拌，再醃個十分鐘，這樣就好了。很簡單清爽的一道涼拌菜。

依潔她自己則要煎一塊鮭魚和炒個菠菜。

「妳喜歡吃鮭魚？」我問。

「喜歡啊。但這不是買的，是別人送的。而且有一大堆。」依潔講完，走往右手邊角落的冰箱，打開上面的冷凍庫。果真有一堆切片的鮭魚。

「這是A先生帶來的。」聽到A先生這三個字，我心中又有點不是滋味。

「是A先生喜歡吃？」我問。

「不是。說來有點話長。」依潔在提到A先生時，倒是沒有任何顧忌。好像只是說某個熟人的事，完全沒有我的特殊感受。

「我不是說過他爸爸當過鎮長嗎？那是很久以前的事了。後來他爸爸從鎮長位置退下來後，認識了一個加拿大的華僑，專門做鮭魚生意的，問他要不要投資。」

「他爸爸跟著那人跑到加拿大看過後，決定投資。沒想到後來生意還越做越好。結果呢，為了照顧鮭魚生意，乾脆就全家移民到加拿大去了。」

「很有意思吧。從鎮長變成生意人，還移民到國外。現在變成華僑了。」

「原來A先生家已經移民加拿大，那他沒有跟著他的家人去？」我問。

「沒有，他們家現在只剩A先生一個人在台灣。」

「他爸爸曾經跟他說過，政治太黑暗了。這也是他爸爸後來沒有在政治路上繼續走的原因。也恰好鮭魚生意做得不錯，乾脆也就順勢離開台灣。」

「但是，A先生還是有從政夢啊。所以，就自己一個人留下來。」

「A先生想試個幾年，看能不能發展得好。如果一直做得不好，再考慮他爸爸的建議，去加拿大接他們家族的鮭魚生意。但政治和鮭魚實在差太多了，對A先生是很困難的選擇。」

「A先生果然是個很好強的人，堅持得住。」我說。

「還好，目前為止發展得還不錯。」

「A先生現在跟的這個議員，當年就是他爸爸的舊部屬。當時他選議員，A先生爸爸出力很多，因為感恩，所以就對A先生很照顧。」
「嗯，有爸爸的舊部屬幫忙，這一條路也不至於太辛苦。」我說。
「是啊，還好有這層關係。」
「至於這鮭魚，現在就是他們家的生意啊。有一大堆鮭魚，所以有時就會送過來給A先生。A先生送人，或者留一部分自己吃。所謂自己吃，他當然不會自己煮囉。所以，也就進了我的冰箱。」
原來如此，這鮭魚是這樣來的。我的心情有點複雜，但內心裡跟自己說了，這只是鮭魚而已啊，跟什麼都沒有關係，就當它是鮭魚吃，不用想太多。
依潔回到流理台上，把鮭魚片的兩面水份擦乾後，均勻的沾了太白粉，才下鍋以中火煎。幾分鐘之後，鮭魚露出了很漂亮的金黃色澤。快起鍋時，她丟了點蒜末進去去腥味。盛到盤中後，再加點醬油，就完成了。看起來很油亮可口的一片煎魚。
依潔把鍋中剩下的魚油，拿來炒了一個菠菜。所以，鮭魚、菠菜、涼拌雞絲小黃瓜，再加上之前就先做好的鮭魚塊熬煮的味噌湯，晚餐就好了。
我們一起盛了飯，把餐具和菜移到客廳的桌上，準備要吃。
「等一下，我們應該慶祝一下。」依潔說：「你喝酒嗎？」
「有時候應酬，會跟日本人喝啤酒和陳紹。」我回。
「陳紹，那很難喝耶。」依潔稍稍皺著眉說。

我其實不喜歡喝酒，只是工作免不了應酬。剛開始也不覺得陳紹好喝，但經驗多了，對這種溫過後，加入梅子或薑絲的陳紹喝法，也就習慣。女生大概都不喜歡這種烈酒。

「我這裡有一瓶あかだま（赤玉酒），我們來喝。」依潔轉身再到裏頭拿了酒出來。

「什麼是A-KA-DA-MA？」我問。

「一種甜酒，你喝喝看就知道。」

依潔拿了兩個小杯，為我和她自己都倒了一些。我們拿起酒杯。

「祝你工作順利，步步高升！」依潔說。

「希望依潔永遠像今天一樣美麗，青春不老！」我說。

「你的嘴好甜喔。雖然這是不可能的。呵呵。」依潔還是很高興。我們碰杯喝了酒。

這酒果真喝起來甜甜的，很好喝。我看看酒精濃度，跟陳紹一樣都是14%。這就有點可怕，恐怕會讓人不知不覺喝太多。我曾經有幾次喝陳紹的宿醉經驗，並不是很舒服。所以，雖然甜酒很好喝，我稍微節制自己，不要喝太多。

我們也開始吃飯，每道菜都很味美。說實在的，我並不只是享受食物的滋味而已。今天晚餐是我和依潔一起動手做的，不是主人和客人的對待。我幾乎覺得那就是下班後，丈夫和妻子一起晚飯的情景。那是家的感覺。

「好吃嗎？我並不是那麼會煮飯，只會幾樣而已啊。」依潔說。

「好吃。比我天天在外面吃的自助餐好吃幾百倍。如果可以天天吃，更好。」

我的最後一句是有試探的意味的，但依潔沒有接腔。所以，有一段明顯的空白。我想她知道我的心願。

「吃得開心最重要，如果你覺得好吃，要吃光喔。」

「沒有問題，我一定吃光光。」

我立刻動筷子，夾了一大口的雞絲小黃瓜到嘴裡。滋味真的很好，也許與心情有關。

「很開心哪，這週聽到的都是好消息。」依潔說。

「什麼，還有其他好消息嗎？」我問。顯然不只我升官，還有其他。

「是啊，A先生也有好消息。」聽到這，我的心不自覺的抽一下。

「A先生發生什麼事？」

「前幾天議員告訴A先生，說他想進軍國會，爭取下一屆的立委提名。如果能夠順利當選立委，會支持A先生接手他留下來的議員職位。」

「A先生辛苦工作那麼久，等的就是這個機會。你想他開不開心。」

「真高興哪，你們兩個都有很好的發展。」

「兩個」，這真的很令我感到意外，原來依潔的好心情，不只是因為我。而且依潔還把我們兩個並提，完全沒有避諱的意思。我能怎麼反應？連快樂都必須跟別人分享。她大概是無法體會我內心裡會因此而有些不舒服的。但我知道她就是如此坦率純真的一個人，從來不會遮遮掩掩，其實這也是我喜歡她，為她著迷的原因之一。但我真的很想擁有完整的依潔啊，只是有

A先生在，似乎就暫時無解。

「那要恭喜他了。」我講的只是客套話。

「也還沒有確定哪，還有一段長路要走。」

「議員要先爭取黨內提名。就算提名了，還得打贏選戰。而即使議員當上立委，A先生也有自己的硬仗要打。所以，變數還很多。」

「但總是個起步，至少比遙遙無期的等下去好啊。」我說。

「還是你這樣上班比較單純。升主管，就是主管啦。要恭喜你。」

「我會繼續努力。謝謝妳。」我說。只要話題回到我身上，心情就好一些。我努力掙脫心底的陰影。

因為喝酒，依潔的雙頰緋紅，眼睛還是瞇瞇眼，而笑臉更加迷人。我試著伸手握了她柔軟的手，她沒有拒絕。不知道為什麼，是因為今晚心情特別好，還是因為喝了酒。我有強烈的慾望，想要再進一步拉近我和依潔的親密關係。但是又很擔心依潔的拒絕。然而，她的手服貼地依在我掌心裡。

於是，我鼓起勇氣，把原本握著的手，移去撫摸她的臉頰和耳垂，輕輕的，就像剛進門時，她輕拍我臉頰那模樣。依潔沒有退避，反而稍微向我手的方向傾斜，完全是順著我意的樣子。然後，我就明白了，這會是個美好的夜晚。

我們繼續聊天吃飯，直到結束。然後，一起收拾，把所有餐具移到廚房流理台上。當依潔開了熱水，浸泡待洗的碗碟時。我很自然地從她身後抱著她的腰，並把下巴輕倚著她的肩膀。鼻子裡都是溢發自她身裡的香氣。

當廚房收拾告一段落，依潔洗好手，回過身來，閉起眼，我們就擁吻在一起。我的雙手往她的臀部撫摸。

然後，進房間，我們做愛了。

這並不是我的第一次經驗。

在大學時期，我曾經有過一個女朋友。

大三時剛開始學網球，非常著迷。但是因為是新手，球技很差，不可能經常上場跟人對打。所以，都是先自我練習。學校的紅土球場後面有一堵平整的牆。初學者都是對著牆打，練習基本動作。我只要有空，就把時間耗在那堵牆上。那只是一堵普通的牆，因為學習的人多，偶而還會客滿。只見一堆黃綠色的網球飛來彈去。

有一天我去練球，旁邊有個女生也在練習。她揮拍不小心打到框，球飛高，居然剛好卡在牆頂端的鐵格網上。她走到牆前，試著用球拍去把球撥下來，但怎麼試都不行。這時候才早上八點，練球的人很少。而我剛好在她隔鄰，好像也沒有其他適合的人幫她。我旁觀一陣子後，決定過去幫忙。

那留著長髮的女生睜著大眼睛，充滿感激地望著我。

那堵牆其實不高，我仔細端詳了一下，決定用雙手攀爬上去，用腳頂著牆，再放開一隻手，把球從網洞裡扒出來。結果，成功了。

球掉下來那一刻，女生在地上又跳又叫，不斷跟我說謝謝。我們因此也就認識了。她是個香港僑生，皮膚稍黑。但是濃眉大眼，活潑起來時，有著令人難以抗拒的野性美。

我們之後常約了一起練球打球。那時候女生還很保守，多半穿著運動長褲打球。但是她卻穿著標準的短裙跟我練打，也許是因為她是來自英國治理下比較開放的香港。總之，跟她打球，不只是打球而已，看著她青春飛揚的身影在球場上奔馳，是另一種享受。

打完球，如果剛好是用餐時間，我們就相約吃飯。幾次之後，就不只吃飯，還會梳妝打理後，一起去看電影。我們變成了男女朋友。

我們的感情進展得很快。經常在校園裡牽手散步，躲在暗處裡接吻，也會伸手到對方的衣服底下探索。那完全就是戀愛中人才有的激情模樣。很快的，我們就不滿足了，究竟在漆黑的校園中，缺乏安全感。

有幾次我跟她暗示，想要再進一步，她也沒有拒絕。所以，我開始想辦法。但究竟是外地來的窮住宿學生，找不到合適的場所。

最後我在新店找到一處便宜旅館，外觀看起來還可以。然後我跟一位同班同學借了摩托車，約好時間，載著那個女孩一起去冒險。她和我一樣，既興奮，又有點害怕。然而，我們還是勇敢的走到櫃檯，付了錢，拿到鑰匙，並且順利進入三樓的房間。

一進入房間，我們就擁吻，很快地脫光衣服，開始做愛。

那女生的身材本來就有點圓潤，因為經常運動的關係，身體雖不至於是肌肉結實，但至少是很有彈性。而女生的個性原本就很爽朗開放，不大懂得害羞，所以我們很能夠享受做愛的過程。但對我而言只有個小小困擾，她在興奮時的呻吟聲比較明顯一點。然而，這是一家小旅館，隔間都很薄，我會有點擔心，聲響傳到隔壁去。

除此而外，一切都很美好。

我們每隔一陣子就會去那個旅館報到。

這樣的熱潮過了幾個月，沒想到，是我先開始受不了。我那時的生活費主要是依賴每週家教的微薄薪水，現在還要加上這筆房間花費。而每次跟同學借摩托車也不是辦法。剛開始同學是友情支持，但是次數多了，同學就會覺得我該自己去買一輛。這是貧窮的問題，而我只是個學生，沒有什麼好的解決辦法。

結果我們做愛的次數間隔越拉越長，從一週一次，一個月一次，到最後終於停了。停了，我反而有鬆了一口氣的感覺。

不再做愛之後，約會變得有點尷尬，好像事情只做一半的樣子。

那時我才瞭解，一旦有了感情並開始做愛，突然停止做愛後，感情的消退也會很快。後來我們也就沒再聯絡，就這樣結束這段戀情。

我後來的結論是，或許我們只是沉溺在性愛中，並沒有紮實的感情。性愛把個性、興趣、理智的分析、所有不利於長久相處的因子，全部遮蓋住了，只剩下肉體的愉悅。所以，才會結束得那麼快。

和依潔在一起的感覺完全不一樣。

依潔的皮膚很平滑，胸部小小的，臀部也不大。但身體非常柔軟。以至於抱著她時，好像她整個身體似乎要融入我胸懷。而當我小心翼翼，以深怕弄傷她的姿勢慢慢進入她的身體裡，她閉著眼，微抬起頭，只有淡淡地出了悶聲。沒有激動的表情，而是溫婉的包容。當我一面親吻她，雙手在她臀部撫摩，身體在她身上緩慢抽動時，她的身軀流動如水，貼附在我的肢體間擺動。我們幾乎是融合在一起，而不是彼此衝撞的兩個個體。我第一次深深體會到，兩個人融為一體是什麼樣的感覺。

兩個女生給我的感受是如此的不同。

我想感情是最重要的原因。我和第一個女朋友間只有性愛。但和依潔一起，感情在前，性愛退在後面。性愛的助壓，使我們的感情更加貼近。依潔給我的不只是肉體而已，她更讓我在心靈上感到滿足。

我曾經愛過第一個女朋友的，但那感情已經不復存在。現在我愛上依潔，雖然她的身體纖柔嬌弱，但她感情的力場卻無比的強大。那些看不見的磁力線穿過我的眼睛、我的每一寸肌膚，穿過我對感情的所有想像，我被深深的穿透和吸引，已經到了難以自拔的程度。

當我們做完愛之後，依潔的頭靠著我的胸部，身體側躺在我身上。我的手則在她光溜溜的背部撫摸。我喜歡她的肌膚，享受那種輕柔的觸感。而她靜默地閉著眼，似乎還沒有從性愛的愉悅中甦醒。

「做愛的感覺真好。」她靜靜地說了，雖然眼睛仍舊閉著。「讓我再享受一下。」

我憐惜的看著她，然後說了：「如果妳想，我們可以經常做囉。」

她抬頭向我，張開了瞇瞇眼，笑出聲：「那太累了啦。雖然很美好，但是我好累喔。你不會累嗎？」

「只要跟妳在一起，我一點都不覺得累。」我回她：「不然，我們再來一次。」

「噢，我不行了呦。累得我快要睡著。」講完話，依潔真的又閉上眼，貼在我的胸膛上。

「我真的好累。借我躺一下囉。你不要介意。」依潔說。不一會兒，鼻息均勻，她真的睡著了。

我看著她睡，完全不在意。甚至覺得我的身體可以成為她棲息的眠床，因為自己的可靠，而有些高興。

我毫無睡意，一面繼續輕撫依潔，一面回想這幾個月來跟她的相遇，從飛機上的富士山、花店，再到她溫暖的小窩。一切的發生是那麼偶然，而結果卻那麼美好。我覺得自己很幸運。然而，就只有一點不安。如果A先生可以消失，或者從來就不曾存在，那就完美了。但這只是我現實之外的遐想。

大約十五分鐘後，依潔才悠悠醒來。她睜開眼，沒講話，仔細地端詳我一下子。

「你是個很棒的男生，很溫柔，讓人喜歡跟你在一起。」

她一句話就融化了我的心。我想她是真心的。

「我可以常來啊。」我說，一面用手輕輕撥弄她額頭上的瀏海。然後，靠過去親吻她的額頭。親過後，她的眼睛定定地放亮，這次換她，爬上我的臉，跟我深深地親吻。一種親密的感覺跟著溢滿我的心。

「將來不論是誰嫁給你，都會是很幸福的。」當我們嘴唇分開之後，她這麼說。

「不會是妳嗎？」我試探性的問。依潔沒有回答，只是看著我笑。然後她低下頭看了一下手錶。

「噢，時間不早了。你可能該回去囉。」一句話就讓我從雲端跌落。

「我不能留在這裡過夜嗎？明天是週末，不用上班耶。」雖然大多數本土公司週六還是上半天班，但我們是外商，早就跟總社同步。

「什麼？你不用上班。那你來我花店幫忙好了。」依潔繼續說：「不過，還是不好啦。這樣以後你就會賴著不走。」

這種可能確實存在。即使不能夠天天，可以跟依潔共度週末是我的下一個想像。但她看出來了。

「好孩子，你還是要乖乖回去啦。」

沒有辦法，我只得起身穿衣服，收拾了一下。在門口，我們再一次熱情擁抱接吻後，我才離開。從巷子走出去時，我突然有一種寂然感。一種好像看著無法挽留的美麗夕陽，漸漸隱沒在地平線下的感覺。我的腦海中還留存著剛剛的美好，卻必須獨自面對一個突然降臨的黑夜。但是沒有關係，我有耐心，我願意等。明天太陽還會再升起，我會再從這個巷子走進來。我願意一再來一再來，直到有一天，依潔願意點頭讓我留下。

回到工作上，我的心情還是很好。周遭持續有人恭喜我，成為一個小部門主管。而他們不知道的是，在我內心角落，已經被一個人佔據了。她不斷給我溫暖的陽光，那才是真正的快樂來源。

心美當然也不知道。她以為我的好心情都是因為升官。

有一天她又打電話過來，跟我聊天。那天下午我要到東湖拜訪一位新客戶。

「這麼巧，我下午要送合約到內湖給一個客戶。」心美帶著快樂的語調說：「我們可以一起去，你先載我到內湖，再過去東湖。可以嗎？」

「我要開公司車過去，順路啊，沒有問題。」我回。

「可是要去內湖前，我得先去台北火車站辦點事。可以先繞到台北火車站嗎？」

「什麼，那不大順路耶。不過，只要是妳說的，都可以啦。」

「我就知道你會答應。你人最好了。」心美很高興。

這小姐真的很可愛。這樣繞一圈其實有點遠，但我都先答應了，再多這麼一點點要求，當然也就無法說不。好吧，就是早一點出門嘛，也沒有什麼不方便的。所以，我跟她說好，十二點前出門。等她辦完事，我們找個地方吃飯，再繼續下午的行程。

我依約在她公司樓下接到她。等她上車後，我才問她：「妳要去辦什麼事啊？」

「去台北火車站，當然是要買車票啊。」

「買車票？妳要回南部。」我繼續問。

「不是啦。是連假快到了，我要去幫一個客戶全家買車票。他們要回南部。」

「什麼，連買車票這種事，妳們也服務。」

「是啊。如果客戶敢開口，金額不高，公司可以接受，我們都會買單。但如果下次又有採購案，客戶就得幫忙。」

「花點小錢，可以抓住一個有決定權的客戶，很划算啦。」

「意思是天下沒有白吃的午餐，是嗎？」我說。

「是啊。」

「不過，這還算是小case哩。有一次有一個客戶全家要去日本旅遊。我還到旅行社買全家的機票，那金額才大。就看你敢不敢要。」

「哇，很難想像，還真的有人敢這麼做。」我說。

「唉呦，這是業界常態啦，大家都嘛這樣做。這總比直接拿錢好吧。不過，羊毛出在羊身上，我們還是得從報價上拿回來，究竟虧本的生意沒人做啊。」

「有沒有人拿了好處，但你們公司最後卻沒有拿到標案？」我繼續問。

「當然有啊。不管那個人最後是沒幫忙，還是根本是兩邊拿好處。只要我們沒拿到標案，我老闆一火大，就會到處告狀發黑函。寫到他們部門，或給他的老闆。一定讓那個人被炒魷魚，或者至少無法升遷。有一次還因此鬧上法院。」

「喔，為了幾張機票被炒魷魚，這好像不大值得。」

「這都是貪小便宜的心態，我看太多了。」心美說。

「那，那我算哪種客戶？我有沒被綁死了，會不會有天拿不到採購案，四處發我的黑函。」我裝著很緊張。

心美大笑，邊笑邊用撒嬌的聲音說：「沒有啦，你是好客戶，我們沒有用錢綁啦，我是綁住你的心。你的心一定是向著我們的，絕對不會跑掉的啦。你說對不對。」

換我大笑。這小姐反應真快，應該不是職業本能，而是真心的。跟她聊天，什麼樣的煩惱都可以忘掉，就是那樣愉快。

我載著她到台北火車站買完車票之後，就改往東北走，準備過民權大橋往內湖。

「我們要去哪吃飯？」我問她。

「時間不多，我們可以吃簡單一點。」心美說。「咦，你不是租房子在內湖，要不要我們買些三明治麵包，到你那裡輕鬆吃。」

我很訝異心美會這樣提議，但確實是個可行的方法。

「我現在住在親戚家，很可能遲早也要搬出去。先看看外面的房子長得什麼樣子，也有個參考。」

「我那個地方有點亂喔。但是有個小廚房，連著客廳。而且這個時間，其他人應該都上班去了，剛好可以使用。」我說。

「喔，你有室友？」

「是啊，那是一棟舊公寓，有三個房間。帶有衛浴的主臥室是一對男女朋友租的。剩下的兩間房，我住其中一間，另一間也是個男生。全部都是上班族。白天應該沒有人在家。」

「也不用買三明治麵包啦。如果到我那裡，我可以弄個炸醬麵和玉米湯，可以簡單吃。」

自從我在依潔家吃過炸醬麵之後，我對炸醬麵有特別的好感。回家找了食譜，練習幾次之後，現在平時都會準備一些炸醬放在冰箱裡。偶而做炸醬麵，當晚餐吃。今天剛好可以派上用場。

「哇，太棒了喔。你要下廚耶，那是一定要去的啦。」心美一直是個喜形於色的女生，不會掩藏，也很難不被她感染。

於是，我就開車往我的住處過去。

進到房子後，我帶著心美大概看一下。客廳、廚房、三間臥室、獨立衛浴和陽台洗衣曬衣的地方。我也跟她說了，總共的租金，每房的金額。雖然是一間很舊的公寓，但大致機能齊全，已經算很不錯了。

「可是金額還是有點高，我還是盡量住親戚那裡，可以省點錢。」這是她最後的結論。

然後我去廚房，開始弄中餐。炸醬放在一個小鍋子裡，加熱就可以。麵條是從超市買回來的，最後再煮一下。於是，先做玉米湯。

我同時起兩爐火，分放一個小鍋和一個中型鍋。小鍋先熱了後，從冷凍庫中取來幾塊湯骨，放進去川燙一下，去腥味和殘渣。然後移到中型鍋熬煮，當湯底。等鍋中水沸之後，陸續把罐頭玉米粒和玉米醬放進去，直到都煮軟了。最後加鹽和胡椒調味，加入預先溶好的太白粉攪拌。玉米湯立刻變得濃稠，隨後熄火。

「你熄火了，這樣好了嗎？」過程中，心美一直在旁邊觀看。

「還沒，還有最後一個動作，我要打蛋花。」

等個一分鐘後，我把已經打散打勻的一顆蛋，緩慢傾入湯中，並且用筷子快速的在湯中旋轉攪拌，整個湯面立刻浮現碎細的蛋花。

「哇，你好厲害喔。煮的玉米湯很漂亮耶，跟外面賣的有拚。」心美開心的說。

「我其他的湯都不會弄啊，但至少還懂得做個玉米湯。有時候晚上肚子餓，可以煮來當消夜吃。多煮幾次就會了。」

我們一起把湯和煮好的炸醬麵移到客廳桌子上，在客廳吃起中餐。

「這麵好好吃，這湯好好喝喔，你可以開店囉。」心美說。

「妳講得太誇張了，只是還可以吃而已啦。」我說。基本上我煮的是我喜歡的味道。

「可以吃到你煮的麵和湯，我覺得很しあわせ（幸福）咧。」

「什麼？妳也會講日語。」我說。

「沒有啦。日劇看多了，簡單的單字也認得，如此而已啦。」

「不過。你真的很優秀，人又那麼好，還會動手做菜，將來嫁給你的人一定會很幸福。」心美說這句話時，看著我。

「不要一直稱讚我。我們公司不會跑掉的啦。妳不用擔心。」我也幽默地回她。

「不，我是說真的。不知道誰會那麼幸運。」

這就讓我有點尷尬，而我心裡有個人。

「你有女朋友了嗎？」心美突然問我。我稍微遲疑了一下。

一年多的來往，心美和我成為好朋友，而且是有點特殊的好朋友。今天我們還一起在我的住處吃我煮的麵，應該沒什麼好隱瞞的。但是女朋友這種事還是有點複雜，我一時很難講得清楚，我也不想講得太清楚。

「嚴格上來說，不算有女朋友，但也不能說沒有。」我這麼回答。

「什麼，為什麼這樣說？難道你是愛上有夫之婦。」

「不是啦，妳想到哪裡去。」我說：「只是我有這樣的期望，但有實際的困難在前面。」

我想到的是A先生，我的心立刻往下一沉。

「喔，那你這是單戀。誰那麼幸運，還不知道自己很幸福。」

「也不是，對方知道我喜歡她，很清楚的知道。」

「那她還拒絕你，這麼挑剔，哪點不喜歡？」

我該怎麼解釋呢？認真講起來，我還排在A先生的後面。人家是從小青梅竹馬，我才認識一年多，拿什麼條件去跟人家爭。可是我是那麼喜歡依潔，依潔應該也很清楚。

「說實在的，這有點複雜，連我自己都還需要點時間釐清。」我說。

「有那麼複雜喔。」心美皺著眉看著我，我也只能苦笑。

我看著眼前這個漂亮的女生，我猜她大概是喜歡我的。但依潔已經先把我的心佔滿，我只能委屈她，讓她遠遠的站在角落。即使如此，她還是沒有停止她對我的好意。只要有她在，笑聲就可以趕走單身的寂寞。但她給我的越多，我就欠得越多，會不會欠到我還不起呢？

我們吃完午餐後，我就開車先送她去她的客戶那裡。在車上她還是有說有笑，一點都看不出來有什麼失落。好像只要和我在一起，無論如何，就是一件快樂的事。但我知道，她今天是有些失望的。而那失望藏在她的笑語裡，藏得很深很深，像馬里亞納海溝那樣的深。

七、該來的總是會來

接下來一年多，大致過得很平順。案子很多，我們又增加了許多新工程師，馬丁、凱文、朱利安、瓊斯。每個人負責的案子不大一樣。但是工程師去東京出差的次數卻逐漸減少。我們向心美買的機器和跟美商買的軟體，已經完成整合。並且經過日本總社的驗證，可以在台灣辦公室裡完成所有的步驟。不需要帶客戶去日本了。現在再去日本，只會去受訓，或者開會。

心美還是每隔一陣子打電話跟我聊天，大約半年就安排一起吃個中飯。偶而心血來潮，我們可能會在情人節時互送個禮物。我送她心型的巧克力，她送我她特地從南部帶上來的名產。但是我們知道，我們不是情人，我們離情人還有一段距離，非常安全的距離。

至於依潔，我總是在等著她。只要她願意，有時候是一頓晚餐，但更幸運時就是一場溫存，永遠讓我陶醉的床上的溫存。

到了十月，終於來到熊貓先生任期的最後。他將要結束台北的工作，調回日本總社。自從半年前，我們就在推測，誰會是日本派來的繼任人選。我猜應該是最近半年曾經出差到台灣的日本人。但一直沒有定論。直到有一天熊貓先生把我找去，告知我總社的決定。我有點意外。

他以他那不甚流暢的英文跟我說：「葉桑，謝謝你這些年的努力，使我們有很好的業績，充滿前景的未來。」

「我即將結束任期，返回日本。」

「我和總經理以及總社的相關人員討論過，並且做了決定。不再派日本人來接這工作，直接由你升任經理。」

這消息讓我感到十分震驚。雖然覺得這或許是遲早的事，還是比我預期的快上許多。我是不是能夠勝任，可以跟總社溝通無礙，連我自己都有些疑慮。我也向他表達了我的擔憂。

「你不用擔心。我有考慮到這個問題。所以，公司會在你上面增設一個協理位置，而由業務部的今井先生兼任。平時他不會管我們部門的運作。但是你跟總部如果有溝通的困難，或者有什麼緊急的問題，可以找他支援。他的責任就是要幫你解決問題。」

今井先生是業務的頭頭，平常我們就是跟他搭配，所以我跟他很熟。找他來支援是最好的選擇。我真的很感謝熊貓先生的細心。

幾天後公司就正式公布，熊貓先生要調回日本，而我被升為部門經理。很多人都替我高興，但這卻不是大家覺得最重要的。因為我還是在這裡工作，但熊貓先生剩下沒幾天了。大家最關心的是如何來歡送熊貓先生。於是，我們部門內部進行一番討論。討論之時，雪莉也參加。摩里斯說，雪莉是人事部派來我們部門臥底的，要知道我們是在搞什麼鬼。不過，雪莉不在意，不管摩里斯如何取笑她，她還是覺得自己是這部門的一份子。

雪莉發表了她的意見：「小泉不是喜歡去林森北路，我們要不要找間Club歡送他。」

雪莉老是有驚人的建議，異想天開的看法。不過，她這次的想法，仔細想想，並非不可行。說熊貓喜歡去林森北路，實在有點冤枉他。他的職責之一就是要接待總社來台灣出差的同僚。而日本人為了表示熱情，在晚餐之後，到酒店第二攤，唱歌喝酒，是常有之事。用這種方法拉近關係，日後有業務需要，才能獲得必要的支持。所以，嚴格來講，林森北路的應酬是他的工作。

我曾經跟著熊貓先生去過林森北路幾次，所以瞭解這種應酬文化。日本人白天上班總是中規中矩，不論個性如何，為了工作，都會壓抑自己以融入群體。但晚上到了酒店，就會放鬆，顯現原來的自己。反而這時候，比較容易交朋友。我是有過經驗的，如果晚上可以聊得很熱絡，日後要溝通就容易許多。

所有同事都看向我，因為只有我有比較多的經驗。

「他們去的Club常換。不過，最近比較常去八條通的一家小店。小泉好像跟那家的媽媽桑很熟。真的要去嗎？」我說。

「如果小泉不反對，為什麼不可以？」雪莉說。

「但是，我好像沒有看過有女客人去耶。」我說。

「應該也沒有哪條法律禁止女生去Club吧。」艾咪說。她這樣講是有道理。

「應該可以啦，而且她們去也很好。」摩里斯接腔。

「我們如果去Club，有艾咪和雪莉坐檯，就不用找其他女生陪酒了。可以省很多錢。」

聽到話的雪莉，惡狠狠地瞪著，作勢要打他，說：「死摩里斯，你今天又皮癢了。」於是，所有人笑成一團，就決定要去那家。也問過熊貓先生，他不反對。所以艾咪打電話先做了預定。

到了歡送那一天，我們先一起去一家台菜館吃晚餐。當然點了最辣的宮保雞丁和最臭的清蒸臭豆腐。熊貓是個好好先生，又是使命必達的日本人。我們怎麼安排，他都接受。他應該是會很難忘，這又辣又臭的一餐。

吃完飯後，我們就去八條通那家小店。開門走進去時，店裡黑漆漆的，只有些微光，什麼都看不清楚。環境也是，人也是。

「原來Club長這樣的啊。」雪莉小聲地說。她和艾咪都是第一次來。

「不然妳以為是怎樣？重點不在店，在店裡的小姐。」艾咪說。

我在旁邊暗笑，艾咪說的對。酒店必須要有長得漂亮，態度很好，擅長於跟客人聊天的小姐，才會有生意。但是我們今天自備了兩個小姐來了，店裡的小姐看到這情形，真的就不轉檯到我們這桌。我們只能自己喝酒唱歌。

但這根本無所謂。光是我們自己，就可以唱得很嗨，聊得很愉快。我們還得擔心把鄰桌低調的客人給嚇跑了。

我們的喧鬧一直到半夜十二點才結束。要結帳時，熊貓說什麼都不讓我們付錢。他說，晚餐讓我們破費，Club的費用應該由他來。他要感謝我們每一個人這些年來的辛勞。媽媽桑聽從熊貓先生，我們爭不過他。

走出店後，我們沒有立刻離開，繼續站在街頭聊天。雖然是十月天，但是這幾天還頗為炎熱，一點秋意都沒有。還好夜深了，有微風輕吹，多少可以化解酒意。

這時熊貓和朱利安站在一旁抽煙聊天。朱利安也真天才，居然問了老闆，還有什麼心願未了？更絕的是，熊貓竟然回答，還沒有騎過摩托車。這下子大家全部酒醒了，面面相覷，低聲互相說，不好吧。

我知道熊貓有時會開車，但都在週末，車子少時，開車載客人到郊外的高爾夫球場打球。平時是不會開到城內來的。台北人的交通和開車習慣是會嚇壞外國人，當然更不用說摩托車。

朱利安聽老闆這樣說，居然就到巷裡把他那台類似越野車的摩托車給牽過來。大家嚇壞了，一直說不行不行。後來討論到最後，還是阻止不了他們。折衷的方法是，熊貓和朱利安一起騎，朱利安坐在後座，也好注意安全。

他們兩個就這樣，在行車稀落的台北夜街上，大喇喇地開出去了，留下一群人緊張兮兮的在原地張望。

我們都喜歡熊貓先生。他完全沒有老闆的架子，對人總是很客氣。這些年一起工作，彼此也有很深的感情。而據我們瞭解，他也很喜歡台灣，喜歡在台北的生活。如果不是日本的派任有嚴格的期限規定，他一定是想留在台灣的。留在這裡比較自由自在，不是總社那樣人擠人的殘酷競爭。

我也覺得自己非常幸運，能夠遇上這樣一個外國老闆。有時候聽有經驗的同事說，台灣人當主管，底下部屬不能鋒芒過露。如果表現太好，超過自己的上司，往往會被整。我完全沒有這種顧慮。熊貓先生總是傾全力來幫助我成長，等我能力足夠了，他反而退到一旁去。我不可能再有這種好運。等他回日本，我想我會很懷念他。

大約十五分鐘後，他們兩個平安騎回來，大家都鬆了一口氣。朱利安跟大家說了，熊貓騎得好快喔，以後他再也不敢搭熊貓的摩托車。

當我在電話中跟依潔講述，我們歡送熊貓先生的情形時，她笑個不停。尤其是騎摩托車那一段，覺得這真是有趣的一場歡送。

依潔在澎湖旅行時，見過熊貓先生，大概知道他是怎樣的一個老闆。她覺得我們很幸運，有這樣一個好老闆。

我突然想到當年麥可在紅太陽黃昏裡跟我講的一些事情。為什麼台灣人不能當經理，為什麼日本人不用打卡，他有強烈的意願要爭取改變。結果幾年後，我當上經理，而公司也不再打卡，全部改成卡片式的電子門禁，所有員工都相同。當年他想要做的，全部達到了。如果當時他願意耐心一點等待，努力工作，這個位置是他的。並不是我有多優秀，而是時間解決了一切，再加上一個好老闆。

可惜，麥可不願意等，早已經不知去向。

我回過神來，聽到電話中的依潔說：「這週五我雖然下午有事，但晚上有空喔，你要不要過來吃飯？」

我怎麼可能跟依潔說不。只要她招喚，再重要的應酬或工作，我都會擺一邊的。所以，我當然說好。週五下班之後，我就直接到她信義路的住處。

我按了門鈴，等了一陣子，二樓窗子才打開。依潔伸出手來丟鑰匙，但是她露著一隻光光的臂膀，在這種天氣裡是有點奇怪的。上到二樓，門打開之後我就知道為什麼了。

依潔的頭髮濕漉漉，前面還捧著一條大浴巾，看起來是在洗澡。

當我把門關上，回頭看時，她已經朝裡頭走去。她顯然記得用大浴巾遮著前面，但是忘記她整個背部光溜溜的。從脖子到腳跟什麼都沒有。她的頸部、腰身和雙腿都顯得細長，但搭在兩片長圓而白皙的屁股肉上，顯得性感而迷人。我跟在她後面，只用眼睛欣賞，按捺住上前去撫觸的衝動。她在我面前沒有太多顧慮，或者是隨性地忘了顧慮，讓我感到很親密。

快到主臥前她大概想起來，整個背部是空的。趕快把大浴巾也往後一遮，轉頭跟我說：「啊，我的身材不好看哪。」就立刻奔進主臥室了。

除了年齡，依潔還很在意自己的身材。我們彼此已經非常熟識，我看過她的每一寸肌膚，但依潔還有這樣的顧慮，我覺得很有趣。

我隨後跟著進了主臥，站在關起來的浴室門前，跟她聊天。

「妳在洗澡啊？」我問。

「是啊。剛剛才回來，覺得有點累，所以也就先洗澡。」
「泡澡？」因為沒有水的沖刷聲。
「對啊。泡著泡著，還差點睡著。也剛好你來了，迷迷糊糊地去開門。」
「你可以再等我一下嗎？」依潔問。
「沒有關係，妳慢慢泡，我等妳。」
「今天上班累不累？」
「我覺得還好。」我回。
「上一天班應該很累的。」裡頭的聲音稍微遲疑了一下才繼續：「泡完澡，精神會很好。不然，你要不要跟我一起泡？」她的提議出我的意料，有點驚喜。我從來沒有跟女生一起洗過澡。
「但你不能直接進來，先到後面那間衛浴洗完澡，洗得很乾淨，才能進來。」我瞭解的，她很要求乾淨。
所以，我先到後面的浴室，脫掉所有衣物，從頭到腳，仔細刷洗自己。確定都乾淨後，才擦乾身體，回到主臥。但是有個問題。我的陰莖有充血的模樣，尺寸變大了，讓我有點尷尬。所以，要進浴室時，雙手還在前面不自然的遮掩一下。但是，沒有逃過依潔的眼睛。
「噢，你的弟弟站起來了。」她說。我尷尬地笑了。不是在做愛的時候勃起，感覺有點不好意思。

「沒有關係喔。看到裸體的女人，弟弟會站起來，表示你很健康啊。」她繼續說：「進到浴缸裡頭來吧。過一會兒，它就會乖乖坐下來的。」

我聽她的話，跨進浴缸裡。我坐在一端，依潔在另一端。我們兩個的腳與腿並排在缸底，肌膚貼著肌膚，既親密又舒服。我看著依潔，她的兩頰因為氤氳的水氣，而變得紅潤，再搭上濕亂的頭髮和瞇瞇笑臉，正朝我散發著令人難以拒絕的魅力。

「妳看起來好迷人。」

「一頭亂髮，很醜啦。」

「在我眼裡，妳怎樣都漂亮。」

「嗯，你講話很甜。無論如何，謝謝喔。」依潔看起來很開心。

「今天下午去做什麼？為什麼比較累。」我隨口問依潔。

「參加喪禮，上午一場，下午一場。」依潔的回答讓我嚇一跳，但她看不出來有悲傷的神情。

「我感到很抱歉，聽到這消息。是朋友，還是親人？」稍微表達慰問之意。

「喔，你誤解了。跟我沒有關係啦。我只是冒充議員助理，跟著A先生去跑行程。有時候剛好有空時，會這樣做。」

「什麼，行程跑喪禮？」我有點搞不清楚了。

「你不知道嗎，跑婚喪禮是議員助理重要的工作之一。只要紅白帖子一來，議員不能親自到場，那就是助理代表去。」

「那妳也不要去喪禮啊，去喝喜酒比較好吧。」我說。

「那你錯了，我比較喜歡去跑喪禮。」

「喪禮有公祭啊，儀式都很短。只要唸到某某議員時，上前去捻個香，跟家屬慰問握握手，就可以走了。」

「但婚禮就不一樣了。要喝酒，一桌敬過一桌，時間拖得很長，而且A先生還常醉酒。那真是折磨啊。」

「原來如此。但是走政治這條路，這樣的應酬大概免不了。」我說：「妳會喜歡嗎？」

「不喜歡，也沒有辦法。就是勉強接受啊。」

依潔回答時，臉上有著淡淡的哀怨，但還是帶著笑。今晚的依潔是迷人的。有那麼一兩個時候，讓我真想直接撲過去。但是提到A先生，這樣的熱情湧起到一半就停頓，這似乎是難以避免的。我突然想起一件事。

「〈Diamonds and Rust〉那張唱片是A先生送妳的嗎？」我問。

「對啊，你怎麼知道？」

「我去查了一下雜誌，知道他們兩人的故事。Joan Baez因為沒辦法獲得Bob Dylan的愛，或者是因為Dylan變心，Baez才寫了這首歌。好像是暗示Dylan給她的回憶有鑽石，也有鐵鏽。」這是我自己的解讀。

「你說的對喔，這首歌確實是這樣來的。」依潔想了一想，才繼續說：「A先生送我這張唱片，其實也是在跟我暗示，我們兩個的關係就像這首歌。」講話的時候，依潔的態度很平靜，顯然她對A先生的做法不感到意外。

「但是我是瞭解他的。只要我願意等，他不會去找別人。他只是想先衝他的事業，不想耽誤我。」

「不對，妳和那首歌不一樣，妳還有我啊。」我幾乎是脫口而出。

依潔沒有回話，只是定定地看著我，重新拾回剛剛的笑容。我們就這樣無聲地凝視。我腦海一片空白，但她肯定是想著些什麼，可是我無法確定。然後，她慢慢地靠近我，嘴唇吻上我的嘴唇，又用手撫摸了一下我的臉龐。好像第一次碰觸那樣。過了一會兒，她才退回去，並開了口。

「是啊，我很幸福喲，有你陪伴我。」她說。

「你很優秀，溫柔又有耐心。我也很喜歡你，誰都會喜歡你。」

「那我們可以在一起啊，不要再管A先生。」我說。

「這有點複雜。」

「我只是想每天回來，可以跟妳一起吃飯，睡同一張床。」我說。

依潔笑了出來，她笑著說：「怎麼聽起來有點像你要跟我求婚的樣子。」

這就讓我有點尷尬了。我們是兩個光溜溜的人坐在浴缸裡，場地和姿態好像都不適合。

「沒有啦，我是在開你玩笑的。」依潔說。

「你有沒有想過，女生比較容易老。等到我要為你做五十大壽時，會不會有人以為是媽媽在幫兒子過生日啊。」

「不會，我一定用盡方法讓妳常保年輕，絕對不會讓妳比我老。」我說。

「你的嘴好甜呦，怎麼能不喜歡你呢。」依潔回我。

「所以，決定了嗎？」我問。

「我會再想想。」

「我不要讓妳想了。」說完，我就傾身向前，換我吻過去。身體壓在依潔的身上，陰莖剛好靠在依潔手上。她沒有躲避，輕輕撫摸我的陰莖。於是它一下子又站起來，變得堅挺。

「我們去床上好了。」依潔說。

於是，我們擦乾全身，跑到床上去做愛。我還是很溫柔地進到依潔的身體。但是每一次都盡可能的深入，讓依潔不自覺的發出呻吟。我也想盡辦法控制自己，努力延後射精的時間。我要一直做愛一直做愛，我想讓依潔筋疲力盡，再也無法離開我的身邊。

只是，做完愛後，晚上我還是沒能留下。孤獨一人，回到我內湖的住處。

沒關係，我有耐心，可以等。

遲早我會贏，依潔會答應，我心裡是這麼想的。

之後我們來往的情況再好一些。有時候花店事情多，依潔會想到找我幫忙。我會騎著她的摩托車，到濱江花市補買些花，或者替她送盆栽到某個客戶家。週末有空時，我也會找她去爬山。從碧湖後面的一條山路，爬上剪刀石，或者開車上碧山巖看夜景。但是，不是每個禮拜都可以，限制還是很多。

然而，我們兩個相處的時間越來越多。我也盡量避免任何話題，有關於喪禮、婚禮和議員選舉的任何事，以免A先生再出現在我們共同的生活中。於是，A先生漸漸淡去。我甚至樂觀的認為，A先生遲早會消失在我們的生活裡。

直到那一件事發生。

結果是我自己先提及A先生的。

三月的一個晚上，我已經和依潔約好見面。所以我下班就到依潔的住處。

一進門我就覺得依潔的臉色不大對，好像昨天沒有睡好的樣子。我們一起吃晚餐時，她的話也很少，完全不像平常的她。我問她是不是發生什麼事了？她也說沒有，只是昨晚確實睡不好。

我覺得疑惑，但也沒再多問。直到吃完飯，收拾完了，我順道去用一下洗手間，我才發覺事情真的有些不對。

平常依潔的衛浴是非常乾淨的，只有皂香，沒有灰塵。今天在白色的磁磚縫中，我隱約發現一些殘渣，而空氣裡有一股很淡的異味。剛開始猜不出來是什麼味道，我努力了一陣子才想出來，是嘔吐的氣味。即使已經被清理過，我還是聞得出來。應該不是依潔，我很快想到是A先生。

「昨天晚上A先生來過？」出了洗手間，我就問依潔。

「你怎麼知道？」依潔回。

「我覺得浴室裡有一點點難聞的氣味，好像嘔吐過的味道。」

聽到我這麼說，依潔長長的嘆口氣後，才開口：「我已經刷洗過了，沒想到還是被你聞出來。」

「A先生昨天有來。在這裡喝酒，喝到不省人事，吐得到處都是。」

「喝酒，為了什麼事？」

「當然跟他的工作有關。」依潔沉默了一下，深深的吸了口氣後才繼續。

「當然是跟他想要選議員之事有關。」

「我不是說過他的議員想選立委嗎。選立委要先獲得黨內提名，而黨內想選的人很多，競爭得非常激烈。」

「議員沒有把握獲得提名嗎？」我問。

「也不是。A先生的議員評估，如果可以獲得一位黨內大老的支持，他大概就可以贏得提名。」

「那位大老願意支持A先生的議員嗎？」

「據瞭解那位大老是支持的，但是有個條件。」依潔說。

「最近那位大老的兒子從美國留學回來了，讀的也是政治，想要繼承家族衣缽。」講到這裡，依潔又停頓了一下才繼續。

「大老跟議員說，如果他可以支持大老的兒子競選他留下的議員席次，大老就支持他去選立委。」

「什麼，大老的兒子要插隊？不是應該A先生去選嗎？他辛苦熬了那麼多年。」連我都替A先生擔心。

「對啊。但事實就是，議員如果沒有獲得大老的支持，就不大容易獲得提名。這也算是一種政治利益的交換。」

「那議員怎麼決定？」我問。

「他能怎麼決定。大老都提出要求了，而政治這條路就是需要人脈，他也不能得罪大老。」

「可是，議員是A先生爸爸的舊部屬。」這是第一次我居然跟A先生站在同一陣線上。

「唉呀，人在人情在。他爸爸都已經去加拿大那麼多年，即使有恩情也都淡薄了。」

「那怎麼辦？議員總不能不管A先生吧。」

「所以啊，議員經過考慮之後，跟A先生說，等他選上立委，要A先生跟他到國會當助理。或者是，他繼續協助大老的兒子選議員。也許他當議員，只是過水一下而已，很快就會去選縣長，或者轉到中央當官。」

「不論哪一個，都是繼續當助理啊，A先生一定很難過。」我說。

「對啊，所以他來這裡喝悶酒，跟我講他的心事，不但喝到大醉，還哭喔。哭得唏哩嘩啦，然後就吐啦。」

「這真的很殘酷。難怪他爸爸說政治很黑暗。」我有點同情A先生了。期待那麼久的事情，真的是很大的打擊。如果是我，我也無法接受。

「有什麼解決的方法嗎？」我問。

「還沒有想到。但離正式提名還有一陣子，事情也許還有變化。也只能看著辦，到時候再說囉。」

「希望他可以找到合適的解決辦法。」我是真心的。

「我也是這麼期望。」

依潔的語氣顯得很無奈，但我們兩個離政治非常遙遠，也想不出什麼好主意。

我和依潔的晚餐結束後，回家的路上，我一直在想著A先生。他在助理的工作熬了有多久，應該將近十年。這就好比是一場馬拉松，只是當他好不容易衝到終點，已經筋疲力盡，但看到的不是慶賀布條，而是大會宣布要再延長二十公里的決定，還能跑得下去嗎？他只是一個對自己期望很高，對工作很執著的人。

雖然我連名字都不知道，在某種程度而言，我們還是競爭對手，但透過依潔，我對A先生的身世和志趣，有相當程度的瞭解。而同樣是依潔欣賞的人，我相信他一定是很優秀，只是他的運氣差了些。

相對於他，自己幸運多了。剛開始工作還不到四年，麥可離職，小泉回日本，順利當上一個小技術部門的經理。雖然不是多偉大的事情，但總是很順利。更何況有依潔在我身邊，每隔一陣子我可以在她的小窩跟她吃頓飯，甚至做愛。唯一的遺憾是，沒有辦法天天而已。

我有點好奇，A先生知道我的存在嗎？我從來沒有問過依潔。但根據我對她個性的瞭解，應該是不會特意隱瞞才對。那她怎麼來解釋我和她的關係？而A先生又如何來看待這層關係？我沒有足夠的勇氣去探究。我們是跑在隱形跑道上的兩個人，我只要跑得比A先生快，是不需要有太多額外的感情的。然而，此時此刻，我還蠻同情他的。

三月微寒的天氣裡，周遭還是冷冰冰，但我的內心是溫暖的，一種複雜的心情在翻攪著。如果有機會和A先生碰面認識，我真的想去安慰和鼓勵他。

八、分離是早晚的事

工作上的事一直很順遂，即使小泉不在，我一個人單獨管理部門。技術相關工作，長期以來就是我帶領工程師來完成。公司的各種會議，以前我就和小泉一起參加。所以，沒有工作是我感到不熟手的。

除了一項工作，那就是年度考核和調薪。

小泉還在部門時，所有員工跟他分別面談，由他來打考績。但是他會聽從我的建議，哪個工程師的表現比較好，應該調比較好的薪水。最後的決定者是小泉。現在他回日本了，大家面談的對象變成我。我沒有任何人可以討論，一個人做最後的決定。

當日子走近年度考核日期，艾咪和雪莉閒來無事，不會再跑到我面前聊天。安雄和摩里斯也不會偶爾找我去吃中餐或下班後去唱KTV。雖然我們感情還是很好，開會時仍舊會說笑。但就不像是當年一起去太平山那樣，毫無界線。那條線浮現在年度考核表上，是冰冷而現實的數字所構成。

另外一方面，我也對自己進行心理建設，不能有所偏愛。不能因為與某人特別好，所以給他比較好的考績。要脫離自己的感情，要超然，眼睛只能看個人能力和工作成果，屏除一切偏見。

但這談何容易。而且我也知道，這世界根本沒有所謂真正的公平這件事。

第一次小泉不在的年度考評，我小心翼翼。

所有人當中，除了艾咪之外，安雄跟著我最久，最資深。我不但和他一起出差，也和他一起建置辦公室中的機器設備。所以很自然的，我指定他為所有軟硬體系統的管理者。基本上，安雄就是我的代理人。如果我不在辦公室，就是由他管理。

第一次考核，我怎麼可能不給安雄最優的考績。

所以第一次跟他面談是很容易的。我讚許了他過去一年的工作成果，並且和他討論未來一年的新計畫。

這樣算是偏心嗎？我並不認為。我只覺得這是必須的，為了維持部門運作的穩定與順暢。

至於其他人，就有點痛苦了。但這是我的工作，我得承受。我必須從一群同事中分別出優等到有待改善的不同差別。

一個月後，發新的薪水條了。這是一年裡頭，最難以預測的時刻。不知道同事們會有什麼反應，也不知道接下來要發生什麼事。

我的習慣還是一個一個單獨面談。

但不管別人如何，考績最好的安雄應該是安全的，我是這麼認為。

安雄在我面前打開薪水條，看過裡頭的數字後，依然維持他一貫沉著穩定的態度，甚至沒眨眼，沒皺眉，只淡定的跟我說：「葉桑，這遠比我預期的低。」

我感到有點震驚。安雄簡單的一句話，但有如千斤之重，明明已經給他最好的結果。

「我覺得你做得非常好，我給你的絕對是最優的考績。」我說。

「但是看起來還是很低。」安雄說。他再看了一次薪水條，確定沒看錯。

「我是按照公司制度，給你最高的調薪，沒有人比你更好。」最後一句話出口時，我自己是有點心虛的。我不過是一個小部門的主管，不知道其他部門是如何調薪，有沒有特例。我所瞭解的，不過是人事部給我的制度和資料。

「葉桑，沒有辦法請公司再調整看看嗎？」安雄講話時，是幾乎不帶情緒的。沒有因此顯得憤慨，也讀不出沮喪。好像只是在我跟我討論一個技術性問題，像是影印機的濃度不對，必須再調濃一點那樣。

「我不知道公司能不能再調整，可能要問人事部。」我內心有疑問。

「我們公司給薪的標準好像低於一般業界行情。」安雄說。

「人事部應該也有調查過業界的狀況。只是我們公司，部門很多，有業務，有採購，有各種不同技術的工程師，維修工程師、應用工程師和研發工程師。可能比較難訂出一致的標準。」

「應該要看就業市場的需求吧。有些工作能做的人很少。」安雄說。

他說得很對。某個職缺，有一百個人可以做，和另一個工作，只找得到兩個人懂，給薪的制度應該不一樣。但如何去衡量真正的市場供需呢？

「我們的工作確實比較特殊，懂這方面的工程師比較少，人事部可能也不是很瞭解。我去跟他們討論看看。」

我和安雄的調薪面談在平和的氣氛中結束，但我的內心裡有一種不安的情緒在蔓延。

我去找了人事部瞭解，是否有做過市場調查，而各個部門的調薪制度有沒有什麼不一樣或特例。人事部的長官非常肯定地說，他們曾透過人力仲介公司做過調查，而所有部門制度都一樣，這是經過總經理批准執行的。

透過人事部再調整的這條路顯然不通，那接下來該如何處理？對於一個新的部門主管而言，所能動用的手段非常有限。而我也不能確定，是不是真如安雄所說的，在別家公司可以很容易找到更高薪的工作。我終究只能下賭注，我賭不會有任何事發生，大家會安心地回去工作，包括安雄。

結果，我賭輸了。

一個月後的某天早上，安雄的辭職信就突然出現在我的桌上。

我的心好像被冰刀刮過一樣，以至於全身都感到寒冷。安雄是我的左右手，一直很信任他，但沒想到他說走就走，完全沒有多餘的顧慮。

我問艾咪、摩里斯知道不知道安雄想走這件事，答案是肯定的。顯然是安雄有先跟他們討論過，他們都無法說服他留下，而我是最後一個知道。

於是，我做了我最不想做的事情，去找今井先生討論。小泉回去之前跟我說，有困難可以找他幫忙想辦法。我很不願意給他一個印象，我無法獨自管理這個部門。但我已經沒有選擇了。

「今井桑，還有沒有辦法為安雄特別調薪？」我問：「你知道他是我最倚重的左右手。」

「我知道他是一個非常好的工程師，你們搭配得很好。」今井先生回我。

「我是可以去找總經理談談看，但不一定有好的結果。每個部門都會有特別的請求，都會說他們有某個人特別重要。所以，有時候總經理也很為難。」

「我可以理解。」我說。

「還是麻煩今井桑做最後的努力，跟總經理說說看。」

「好的，我會盡力。」今井先生說：「但是……」

「萬一結果不好，我們留不住他，他還是要走。有人可以接他的工作嗎？」今井先生問我。

我想了一下說：「凱文進我們公司之前就有些系統管理的經驗。而也跟安雄一起工作了一年多。他應該可以接他的工作。」

「會不會有問題？」

「應該不會。如果他有不懂的，我可以幫他。」我很篤定地說。

今井先生跟我談時，表現出十分信任的態度。而且看得出來，他誠心誠意的要幫我解決問題。他甚至也考慮到最壞的情況。幾天後他去找總經理談了，談完也給了我答覆。他說，我要求的調薪幅度，總經理沒辦法同意。但是如果稍微再調高一點，應該可以。由我決定。

我衡量了一下，如果只是小調，大概是留不下安雄，最後我只能失望地放棄。

結果，我簽了他的辭職信，安雄離職了。

當年麥可離開，我有點難過。這次安雄走，我內心的難過更加巨大。但是帶領整個部門就是我的工作，我只能把難過擺一邊，還是得努力維持部門的正常運作。

安雄離開後，我讓凱文接了他的位置，擔任系統管理者。而原先安雄負責的案子，則分配給不同的工程師。因為我們多了許多新的工程師，所以人力調配上沒有什麼問題。老實說，工作上的影響並不大，衝擊只在我的心理上。

後來我在反省這件事的處理時，覺得或許有一種可能。今井先生按照他的側面觀察，覺得我們人力足夠，判斷安雄的離職不會造成太大影響。當他問我，有沒有合適的人可以接他工作時，我又回答得那麼肯定。所以，他沒有努力去說服總經理，因為他相信我可以處理得很好。他覺得我想留安雄是心理上的因素，而他的決定是理性思考的結果。真相是否如此，我無法求證。但我總覺得這整個過程中，是有機會留下安雄的，如果我面對今井先生可以堅持，或者直接就去找總經理談，結果或許不一樣。我是不是做錯了？然而歷史只能二擇一，也無法重來，我永遠也不知道另一條路會不會比較正確。

我曾經告誡自己，在管理上要理性，不能感性，確實是不大容易。我擔任經理的第一場管理危機在假想的風雨中，無論如何是結束了。

幾天以後，心美打電話來。我告知她，安雄離職的消息。她也覺得婉惜，說安雄是個人才。她問我工作上有沒有問題，我說目前看起來還好。她說，那就好。不過，她打電話來並不是為了這消息。她知道我週三要去新店拜訪一家IC設計公司，她把她自己去新店附近拜訪客戶的時間也調整到同一天下午。問我結束時，能不能去接她一起回來。我當然說好。

週三下午四點多，我結束客訪之後，便把車開到工業區內約定好的路邊等她。大約十多分鐘後，她就出現了。穿著整齊的天藍色套裝，臉上仍然是笑盈盈的。在安雄離職後，心美的現身讓我低盪的心情回升，可以暫時把安雄放下了。

「你有等很久嗎？」她關門上車時問我。

「沒有，我剛到不久。」

「看到你很高興耶。」她笑著說。看得出來她是真心的。

「我也是啊。」我也跟著附和。

「我們要立刻回公司嗎？」她問。

「現在快接近下班，回去也沒什麼緊急的事，要不然我們到附近走走。」我提議。安雄之事發生才沒多久，也可以藉心美陪伴，去散散心。

「這附近有什麼地方可以去嗎？」

「政大後面有個指南宮，我們去那裡散步好了。」我說。

「好喔。」她很高興。

於是，我開車跨過景美溪上的道南橋，經過政大，往後面的山路開去，只約十五分鐘車程就抵達。我在停車場停好車後，就和心美肩並肩走上兩邊是商家的爬坡道。這個時間點，遊人很少。

我們邊走邊聊天，一直走到主殿的門樓之前。

要上到門樓，有一座圓弧形高聳的階梯，初看覺得很陡峭。可是站在上面回頭望，有非常棒的視野，可以遠眺台北市南區之高樓街景。我們走上去，每走幾階就回頭一下，看風景。這樣的轉頭來回，再加上陡峭的階梯，連我都有點登高暈眩之感。

「樓梯這麼高，感覺有點可怕啊。」心美說。

聽她這麼說，我很自然地把手靠過去。心美也毫不猶豫地用手抓著我的手，以保持身體平衡。黃昏時，氣溫是有點冰涼的。當我們手心貼著手心握在一起時，我感到溫暖，她應該也是。

「這樣有沒有好一點。」我說。

「有，謝謝你。」她回我一個大大微笑。

到達階頂之後，我們才放開手，恢復成肩並肩，繼續聊天。但多了一分親密感，有種跨進一個新階段的感覺。

我們雖然不是男女朋友，但差距不遠，今天好像又縮短了一點點。但究竟可以短到什麼程度而不至於跨界，我不是很清楚。

我們在廟中只是隨意看看，並不是專程來拜拜的。所以，一陣子後就往廟後面的山邊公園散步而去。在一處小樹叢的後面，有一個雙人座的椅子。走到這裡，也有點累了，所以我們坐了下來。

坐下來後，心美從她的提包中取出一小包餅乾。

「什麼，妳猜到我們會來散步，還特地準備了餅乾來野餐。」我笑著說。

「不是啦。我今天早上趕著出門，沒時間吃早餐，所以從家裡隨手拿了一包餅乾，打算路上吃。結果還是沒吃。」

「剛好這時候可以吃。你肚子餓不餓，要不要吃吃看？」

「妳這樣不行喔，為了工作，太拼命了。」我說。

「不會啦，不是很常這樣。」

我們兩個就一邊吃著餅乾，一邊聊天。

在後山的一隅，沒什麼人過路，氣氛很寧靜。而天空有漸層變化的美麗晚霞，我們的臉旁耳畔有徐徐涼風輕拂，我們在此共享一段舒適時光，在太陽下山前。

「今天的天氣真好。」我說。

「是啊，真的是很舒服的一個下午。」心美說。

「妳的工作還順利吧？」

「還好啊，案子一個接一個，只是經常要東跑西跑。」

「妳還有跟副理一起去出差，住同一間房嗎？」我偶而以這件事取笑心美。

「沒有了啦，而且現在也不行了。」心美講得很確定。

「為什麼？他不喜歡跟妳同房。」
「不是。我們副理已經結婚，有老婆啦。」心美說。
「什麼，那妳這樣還說人家是同性戀，這是造謠喔。」我說。
「誰說同性戀不能結婚。我還是覺得他是同性戀啊。」心美繼續說：「我副理已經三十好幾。他爸媽一直在催婚，想要抱孫子。我想他壓力一定很大。」
「所以啊，他只要一結婚，壓力立刻就不見了啊，也不會有人懷疑。」
「說不定他不是同性戀。」我說。
「唉呀，每天一起工作，他對男生還是女生有興趣，看得出來啦。」
「他太太是相親認識的，我只在婚禮看過一次。長得有點福態，內向又文靜，簡直是『完美』的人選。」
心美這樣形容，提到完美那兩個字時，我的心有點涼涼的。
「還不只結婚喔。幾個月前生了一個兒子，所有責任都完成了，還有誰會懷疑。這是最好的掩飾。」
「但是，我們副理天天在公司加班，連週末有需要也都待在公司。從來不帶太太來參加公司活動。而新竹那個帥哥客戶只要有事，我副理一定第一個奔去處理。你說為什麼。我們這些老同事都嘛清楚。」
「如果真是同性戀，那他太太會不會太可憐了一點。」我說。

「豈止可憐啊。先生不喜歡回家，不知情的人還會怪她，不夠女人味，沒做好妻子的本份。先生才不喜歡待在家裡。」說完，心美長長的嘆了一口氣。

「這樣她太太不是守活寡？」我說。

「也許是吧。但是有個兒子，稍微有點安慰。」心美繼續：「人生或多或少有些遺憾，只是她太太比較多吧。」

我們沉默了一陣子，我想像副理他太太身處的情境。她一定覺得很迷惘，自己的丈夫像陌生人一樣。而且如果沒改變，一起的生活至少要過三四十年。對雙方而言，這不就是一場折磨。婚姻有很多面貌，這是最不堪的了。但心美說的對，人生難免有遺憾。

他們有他們的遺憾，而我們也有我們的。我想到依潔，我一直耐心的在等她，只是不知道最後的結果為何。我也看著心美，這個有副漂亮臉龐的女生，但她只有我給她的失望。

雖然我喜歡心美在我身邊，但我偶而也想著，怎麼做可以讓她的遺憾少一些，如果我辦得到。

「很高興，我們是一般人哪，沒有這個困擾。」我說。

「對啊，我們單純多啦，男生找女生，女生找男生。想要結婚，只要去找到真心相愛的人。」心美回。

「沒錯，彼此喜歡，而且雙方都明瞭。」

「喜歡是最重要的啦。」心美說。

我們坐在椅子上，側邊幾乎碰在一起。心美講到這兒，轉頭向我，一雙大眼睛貼在我面前，定定地看著我。接近到我覺得幾乎可以感受到她肌膚底下輕微害羞的心跳聲。

「你喜歡我嗎？」心美突然這麼問。

我的心劇烈的震盪一下。我當然喜歡她，但要怎麼回答。直接說了，會不會變成承諾，我擔不起跑不掉的承諾。我沒開口，只是慢慢地靠近她的臉，愈來愈近。心美沒有退避，卻突然把眼合上。那張漂亮的臉和她身上的香水味吸引著我，情不自禁的往心美的身上移動過去，然後在她嘴唇上輕輕的接吻。很輕微，怕會嚇走她似的。我的動作回答了她的問題。

當心美再睜開眼時，笑容依舊，但什麼都沒說，好像在等什麼。她再仔細地端詳我一陣子後，突然間換上有點淘氣的表情。

「嘿，你親了我，你要負責。」

這句話把我嚇了一跳。我要負責，我要負責什麼？因為這吻嗎？我大概是愣住了，她一定也看出我驚訝的表情，不等我發問，就緊接著說。

「你要負責，負責送我回家。」

我又一下子輕鬆下來，簡直像在洗三溫暖。她是多麼棒的一個女生啊，總是會替別人設想，絕對不會想要為難我。她總是以她的活潑機靈，把我們兩個之間氣氛帶向高點，然後再恰如其分的退回去，我們之間從來沒有尷尬，這讓我愈來愈覺得對她有所虧欠。

「那有什麼問題，我本來就要送妳回家。」我甚至沒有勇氣對親吻她這件事做個解釋，直接跳過，還由她自己來解圍。

「我知道我們是很要好的朋友，只是還沒有達到男女朋友的程度。」心美繼續說：「我們會是一輩子的好朋友，對不對？」

「對，一輩子的好朋友。」我能說什麼。我和依潔之間的結還沒解開，無法對任何其他的女生做承諾。

「嘿，也不要誤解喔。我長得還不錯，是吧。不會沒人要的啦。」

「那是當然。妳長得漂亮，心地又好，應該會有很多人喜歡。」

「沒有那麼多人喜歡啦，但我喜歡的人又不追我。」

她用俏皮的眼神看我，又讓我有點窘，不知道該怎麼接話。

「那只好讓其他喜歡我的人來追囉。」她說。

這我就有點不懂了，我說：「妳是說，有其他人在追妳？」

「當然啦。事實上，還不只一個，有兩個男生正在追我。如果你打算改變心意，那得快喔。」心美這麼回。在沒有心理準備之下，我是有點意外。

「有兩個人？」我問。

「對啊。如果你想知道，我可以跟你說。這也不是什麼秘密。」

「什麼樣的男生？」

「一個是客戶，做電動遊戲機的。他是軟體經理，專門寫遊戲程式。他說他年收入很高，七位數的，而且每季都有高額分紅。」

「是寫水果盤程式的嗎？如果是的話，他講的可能是真話。這個行業遊走法律邊緣，但錢很好賺是真的。」我遇過這種客戶，看他們的營業收入，確實像暴發戶。

「收入高的好處是，他每次請我吃飯，都去高檔餐廳。」心美說。

「但是點餐時，他一定自己幫我點，一定點最經濟划算的套餐。說這樣CP值最高。他看起來雖然很有錢，但個性上十分斤斤計較。」

「有錢是很好，但就怕妳用不到。都被他自己控制著。」

「那另外一個呢？」我問。

「他是我們公司另一個部門的工程師。他只是領死薪水，但是對我非常好。」

「不論我約會遲到、工作發脾氣或生病難過，他永遠陪笑臉，很有耐性地待在我身邊。他是喜歡我，而且脾氣很好的一個人。」

「但是薪水比較低，比較沒錢。」

「他的薪水說不定還比我的低。」心美說。

「有錢的比較摳，有耐心的比較沒錢。真的是沒有完美的選擇。」我說。

「你覺得哪一個人比較好？」心美問我。

「這樣很難選咧。應該是看誰比較真心愛妳，而妳也喜歡他吧。」我回：「如果可以把他們兩個綜和一下就好了，有錢不摳又有耐心。」

「對呀，我也不知道該怎麼選。」

「我在親戚家住了好幾年，可能也不能再住太久。我媽媽希望我結完婚再搬出去。一方面有人照料，比較安全。另一方面兩個人一起奮鬥，經濟上比較不會辛苦。」

「但也不要匆促做決定啊。終究是人生大事。還是要仔細考慮清楚。」我說。我的內心裡是希望心美把做決定這件事拉長一點，多考慮的。一方面確實是為她設想，一方面也可能是自己的私心。我的私心是為了繼續保有與她特殊的感情，還是只是要她再等等。但究竟要等什麼，等到什麼時候，我也沒辦法想得很清楚。

「我當然會仔細考慮。」心美說。

這時候的心美已經沒了我們剛見面時明朗的笑容。

我們又繼續討論了一會兒，有關於愛情、錢、兩個人，但是沒有定論。此時山上的路燈亮起來了，很快就要天黑。所以，我們只好慢慢走下山去。走到車旁邊時，天空已經完全黑下來。我開車送心美回家。

在車上我放了Joan Baez的專輯錄音帶，跟心美推薦〈Diamonds and Rust〉，跟她說是一首非常優美的民歌。但是沒看過歌詞的心美，完全不知道這首歌在唱什麼。但即使我跟她解釋了歌曲內容，我想她聽歌的感受也會跟我不一樣的。

心美一直是個很特殊的朋友。從一開始認識，我們兩個就個性相合，並彼此欣賞。所以，我們總有講不完的話。但我們無法成為男女朋友，現在不行，以後也很難。我們之間的感情就是差那麼一點點。我曾經仔細去想過為什麼，但沒有找到具體的答案。說來有點荒謬，今天我突然覺得，也許差異就只在聽歌這麼一件不怎麼重要的事情上。當我的心因為旋律而開始洶湧翻攪，她無法察覺，無法感受。如果她沒辦法體會我在聽一首歌的心情，我們終究沒辦法成為男女朋友。這並不是苛刻的要求或者成為戀人必備的條件，這只是人生裡數不盡無可奈何的遺憾之一。

我回到日常工作。

但幾週之後，又有新的狀況發生。而且不只一件。

首先是雪莉要離職。這個我曾打算要愛上的女生，要離開浦生公司。

聽艾咪說，雪莉有一個親戚在香港開公司，需要人手。雪莉覺得這是個機會，可以到國外走走，所以決定辭職去香港。這對她個人而言，當然是一件好事。我們都替她高興。艾咪也說，以後要去香港找雪莉，一起去大採購。想到免稅店的名牌服飾、名牌包，女生們就異常興奮。

對於雪莉的離開，我們只有祝福，沒有太多難過的情緒。

第二件事就沉重多了，摩里斯也要離職。

摩里斯和安雄本來就像拜把兄弟一樣，做什麼事都在一起。安雄離職對摩里斯的心理一定有很大的影響。所以安雄離開，我就有點擔心摩里斯。不過，最重要的原因，可能不是如此單純。安雄走了後，按理說，第二資深的工程師就是摩里斯，但我沒有指定他負責系統管理的工作，而是交給了凱文。摩里斯應該會覺得不好受。凱文雖然晚進門，但是他在之前就有類似的工作經驗，而且年齡比摩里斯大兩三歲。更重要的是，凱文能說寫流利的日文。當我們在系統或工作執行上有任何問題時，他可以拿起電話，直接跟東京方面的日本人員溝通。對我而言，這決定不難做，凱文是比較合適的人選。

要指定凱文負責之前，我還找時間，單獨跟摩里斯談過。我很理性的說明他們兩個的狀況，解釋為什麼比較適合由凱文來負責的原因。摩里斯表現得非常明理，也贊同我，說這是最好的選擇。他嘴裡雖然這樣講，但我不是很確定，他內心裡是否真的服氣。

然而，有了安雄的經驗，我這次也預先做了最壞的打算。所以，當摩里斯遞出辭呈時，我沒有像之前那樣感到震撼，也沒有急著找今井先生幫忙。我認為自己可以處理，而最糟的狀況就是離職的人再多一人而已。

隔了一週，我再跟摩里斯面談一次，確定他不改變心意之後，我就在辭呈上簽名。

但摩里斯和安雄究竟是不一樣的兩個人。安雄是比較會把事情放在心裡，不講出來的。所以，辭職信上的原因只以「生涯規劃」搪塞。沒有人知道他去了哪裡。摩里斯就不一樣，講得很清楚。他在一家很大的美商手機公司，獲得一個產品主任的職位，薪水高上許多，跟目前的工作性質差異較大。如果是這樣，我也就沒什麼好阻攔，應該要予以祝福。

所以，雪莉和摩里斯同時要離開了。

雪莉的開朗和摩里斯的幽默，其實是過去這幾年我們部門生活最有趣的風景，他們走後，我們一定會很懷念。所以艾咪說，應該送送他們兩個，我十分贊成。

我們說好在最後一週的週五晚上辦個歡送會。當時摩里斯已經買了新車，所以他和我的兩部車便在下班後，載著所有人往淡水出發。

我們先到中正東路上的海中天啤酒屋吃晚餐。這半露天的快炒餐廳，是我們每次到淡水三芝一帶遊玩，必定落腳之處，充滿回憶，很適合來吃送別前的最後一餐。但是我們一點都不感傷，摩里斯逗雪莉，還是笑語如珠，大家都笑。我們圍坐在圓桌，一起享受美食和笑聲。

吃完晚餐後，我們開車過關渡大橋，到八里附近一家新開臨河的KTV店唱歌。這是雪莉介紹的。愛唱歌的雪莉這方面的消息特別靈通。這家KTV不像城中的其他店那樣狹窄，這裡的包廂非常寬闊，走到戶外還有點點燈火的開闊河景可賞，確實是個不錯的歡唱場所。

唱歌我是很不行的，而朱利安、瓊斯又常跑到外面去抽煙。所以，麥克風就在剩下的幾個人手中輪來輪去，尤其是雪莉。雪莉以前就是合唱團出身，唱歌非常曼妙好聽，所以我們也樂當聽眾、鼓掌大隊。

當雪莉唱輕快的歌，歌曲走到中間間奏的時候，摩里斯總是拿起麥克風，以裝模作樣的滑稽口吻說：「來賓，請掌聲鼓勵鼓勵。」大家立刻響起一片掌聲。

但雪莉也唱慢歌，這時大家就會靜靜地欣賞。

雪莉點了當時黃鶯鶯很紅的一首歌，叫做〈哭砂〉。但很紅是艾咪說的，沒那麼喜歡唱歌的我，只是略有耳聞而已。我也從來沒有仔細聽過。

這次雪莉一個人獨唱，在略暗的包廂裡，剛好讓我可以好好的欣賞。螢幕先出現無聲翻滾的海浪，緊接著歌詞伴著雪莉的歌聲就開始了。

妳是我最苦澀的等待
讓我歡喜又害怕未來
妳最愛說妳是一顆塵埃
偶而會惡作劇的飄進我眼裡
寧願我哭泣　不讓我愛妳
妳就真的像塵埃消失在風裡

歌詞一字一字慢慢地走入我心中，雪莉哀傷的唱法強烈的震撼了我的心。但不是因為他們兩個要離開，而是讓我想到依潔。

我從來沒有預期，會有一首歌如此貼近我的心情，貼近我與依潔交往過程的心情。所以，當歌詞逐一映入眼底，我很難招架，整個被雪莉的歌聲所融化。

認識依潔這幾年來經常很快樂，卻又很短暫。好不容易打開一扇窗，第二天隨即又關上。我內心裡總是有很不安定的感覺。雖然我一直知道原因，但始終也放不下。我既不能往前走，也不願後退，陷在自己孕生的矛盾之中。在這首歌中，我發覺我是那麼愛依潔，而完全無法自拔。

但未來會怎麼走呢？依潔、A先生和我。難道還是這麼隱晦而低調的持續下去。依潔是可以決定的，但我知道她不是一個有著堅決意志的人，她只是一株柔弱的秋芒，等著風的平息。我該怎麼做，風會平息，她會倒向我。如果我什麼都不做，那就是繼續逃避。

聽到雪莉唱出：「誰都看出我在等妳」、「誰都知道我在想妳」時，我的眼眶已經蓄滿淚液。而艾咪注意到了。

「你幹嘛？怎麼那麼難過。」

「人都會走，這也是難免的。以後你也可以去香港找雪莉，摩里斯偶而也會回來啊。不要那麼難過。」艾咪悄悄在我耳邊說。

她當然不知道我正在想著依潔，心根本不在這裡，但我也不能跟她明白解釋，也許就順著她的意思。

「沒有啦。我真的是被雪莉的歌聲所感動。她唱得太好了，我被感動到。」

「妳知道，這半年內，安雄走了，雪莉、摩里斯都要走。」

「人生就是這樣啊。時間到了都會走，他們只是恰巧都在這時候。」艾咪回我。

「去年是小泉，更早之前是麥可。」我說。

「唉呦，你想太多啦。工作就是工作，每個人有每個人的追求。」

我看著艾咪，欲言又止。其實我還想說的是，這個部門的老員工除我之外，只剩妳一個，妳可不要太早走。但我究竟沒有說出口。做為一個部門主管，太容易感傷好像也不是一件好事。

「好啦，不要想太多。雪莉唱完之後，就該輪妳囉。妳要唱什麼？」

隔幾天後，我去買了黃鶯鶯的專輯ＣＤ，送給依潔。我跟依潔說，我很喜歡〈哭砂〉這首歌，相信她也會喜歡。依潔很高興的收下了。

但就我記憶所及，她從來沒跟我說過，她聽了這首歌之後的感想。她在聽這首歌時，有沒有想到我，有沒有像我一樣想著她。有一天如果我有足夠的勇氣，應該問問她。

九、遠方傳來的震撼

接到李總的來電時，我感到有點意外。

李總是長訊公司的總經理，是我最重要的客戶。我在第一年工作時，就認識他。他又剛好跟我同校同系，高五屆畢業。所以我都稱他為學長，跟他合作總是感到特別親切。

「學長，難得接到你的電話，有什麼問題嗎？」我說。

「安雄不是你的二把手嗎？我們好些案子都是他負責。」學長問我。他特別來電提安雄，可能也是知道安雄離開了我們公司。

「沒錯，他是我最重要的左右手。但是他幾個月前已經離職。」

「你看你對人家不好啦，所以人家才會跑掉。」

「沒有啦，我們怎麼可能虧待他。我們一定是給他最好的。但很不幸，他好像找到薪水更高的工作。所以，我們留不住他。怎麼了？他去找你啊。」

「你知道他去了哪裡嗎？」

「他走的時候沒有說，有一點神祕。」

「安雄今天帶了韓商現電來拜訪我，爭取我們家的案子。」

「什麼。」我非常震驚。韓商現電是我們的競爭對手，完全沒有想到安雄會直接跳槽到對手公司。這家韓商比浦生晚進台灣市場，可是非常的積極。我在很多客戶那裡都有聽到他們的名字。他們的特點是，報價比一般行情低。

「怎麼辦？他們的開發費用報價只有你們的一半。」學長繼續說：「很難拒絕。但我也不希望你們削價競爭，品質還是要顧。」

長訊最近有幾個案子要做，我們已經報價。因為已經合作好幾年，彼此很熟悉，通常認為他們的案子十拿九穩。但沒想到安雄會帶韓商現電來跟我們搶案子。

「學長，你不要太快做決定，讓我跟業務反應一下，討論一下。你是我們最重要的客戶，絕對不會虧待你們。」

我有點緊張，長訊公司佔我們百分之三四十的營業額，是最大客戶。是絕對不允許丟掉任何案子的。雖然我跟學長的交情非常好，但業務還是很現實，不能單靠友情來維持。

我立刻讓業務知道這件事，連總經理都來關切。沒想到安雄離開後，重新擲回我們公司的第一個消息，就是一場戰爭。而且是最大客戶的爭奪戰。

我問艾咪知道這件事嗎？安雄去了韓商現電。

「不知道啊，他這個人什麼都不肯說。」

「這對我們公司會有很大的衝擊嗎？」

「這要看情況，如果他搶走其他小客戶，那還好。如果他真搶走了長訊，那衝擊會很大。」我說。

「所以，安雄是要來搶長訊。」
「我們最大的客戶。失去這個客戶，三四個客戶都補不回來。」
「那我們會失去長訊嗎？」艾咪問。
「現電的報價很低，我沒有絕對的把握一定可以留下長訊。結果可能就在李總一念之間。努力看看。」我說。
於是，我和業務們討論，要如何來應對。最後，決定在開發費用方面，再降個五千美金。而他們有許多已經做好的IC，都在我們這邊量產。未來的新單子，我們可以在單價上降個幾%。這些已經出貨的產品其實是我們的優勢。有時候他們家產品接到急單，會回過頭來，要求零件供應商提早交貨。因為我們關係很好，所以也會盡可能配合，滿足他們的要求。所以，我們猜想，長訊應該也不至於貿然轉向，降低雙方的配合度。
討論好的方案，交給業務去執行。業務兩天以後就直接到長訊公司去拜訪李總。告知我們的決定，顯示我們的誠意。
再過了一週，學長又打電話給我。
「我不是說，不要削價競爭嗎?不過，你們真的很有誠意。」學長說。
「你們是我們最重要的客戶，連總經理都有跟我特別交代，絕對不能讓你們跑掉。」我說。
「不會啦。現電那家公司也剛開始沒多久，設備和支援可能都還有問題。即使你們不降價，我們這個案子一樣會給你們做的啦。」

事實上，我們和長訊合作已經有相當的默契。最近的案子都是，工程師先丟過來做，都做得差不多了，業務才去報價。所以，價格和商業合約都只是形式上而已，一切都好談。如果不是安雄帶領著現電突然闖進來，打破了我們兩家公司之間的慣例。

「所以，沒有問題嘛，還是給我們做。」我問。

「沒有問題。趕快進行，我們急著要IC。」學長說。

聽到學長這樣說，我感覺鬆了一口氣。究竟還是可以留下這些案子。

「好的。據我瞭解，你們這案子在我們這裡已經完成得差不多了。你們的工程師最近常來我們這裡做最後驗證。可能再幾天，就簽約結束了。」

「趕快，趕快，趕快做完，趕快簽一簽。我們要IC啊。」

「沒有問題。待會兒我就去問工程師，進度如何。」

「啊，對了。你們要對人家好一點，薪水不要給得那麼少。不然，工程師都要跑了。你們那裡還有誰啊？」學長稍微停頓一下：「對了，還有摩里斯啊。薪水太低，連他也會走。」

學長這一提，令我感到很尷尬，不知道該如何啟齒：「嗯，嗯，摩里斯上個月也走了。不過，他是換行業，換到手機那個行業，不再做IC了。」

「什麼。這樣不行啊，人一直走。你要加油啊。必要的時候，去跟你們老闆翻桌子啊。不要那麼摳嘛，人才是最重要的。」

我當然知道人是最重要的，但我怎麼說呢。許多事情不是一起發生的，而是像骨牌一樣，一個推倒一個，最終形成這樣的結果。現在回頭去看，也搞不清楚究竟哪一張牌是第一張。骨牌全部都倒了，我也只能承受。

「學長，相信我，我會努力留人的，盡量不要讓工程師離開。」我說。這本來就是我的職責，我一定會努力的。

一週後第一個案子順利完成，簽約了。

終於還是守住，我們贏了與安雄的第一戰。但這只是開始，日後要硬碰硬的機會恐怕很多。然而，學長的一番話卻讓我感到很感慨。我的兩個得力助手都走了，是不是我有問題？是不是我不適合當管理者呢？但回頭看向公司那一面。我們部門業績持續成長，而已經離開的小泉、今井先生和總經理都那麼信任我，信任我的判斷。究竟經營團隊最重要的目標是為滿足每個成員的需求，還是為了達成公司設定的目標，有時我會感到有點迷惘。

當我把我的迷惘跟依潔講時，她還是一貫迷人的笑容，跟我說：「親愛的，你想太多啦。努力做好每一天的工作，對得起自己，其他的就Let It Be吧。」

她把Be那個音拉得長長的，還是那麼輕鬆可愛，還是那麼吸引我。

自從A先生喝醉酒那次事件之後，依潔變得有點不同。但仔細去想究竟有什麼不一樣，我也沒辦法以精確的語言來描述。

譬如有一次我們相約去仁愛路一家西餐廳吃飯，喝了點紅酒。結束之後，從仁愛路的樟樹大道走回家，她一直攬著我的手臂並頭靠在我肩上。那感覺真好，就是一對情侶的甜膩散步。

但下一次吃飯時，依潔恢復平常，只是跟我肩並肩，連手都沒牽，好像上一次的親密完全不存在。

又譬如另一次，當我們做完愛之後，依潔躺在我身上，眼神專注的看著我。然後用手摸摸我的臉頰鼻子，撫摸我的胸膛臂膀，再往下輕撫陰莖蛋蛋和陰毛。依潔一句話都沒有。在那一刻，因為她的親密動作，我是感到很幸福的，以為從今以後會更加親密。依潔卻跟我說，她想好好記錄這一刻。當時我心裡有點小小疑問，那天並不是什麼特殊的日子啊。

我該怎麼形容我和依潔之間的感情。也許就像去吉貝的那一艘船一樣，會高低起伏。只是A先生那件事之後，風浪更大了一點。有時到了高點，引擎突然停下來，這艘愛之船會在那萬頃波濤之上茫然地漂泊。

發生安雄事件之後，在工作上比較緊張些，不知道他又會有什麼樣的新動作。來到依潔這裡，可以獲得她的慰藉，可以平緩自己的心情。但是，我心裡總是有些不安，好像遲早會有我意想不到的事會發生似的。

一個月後，我們順利的將做好的IC樣品送給長訊的工程師測試。交付的時間是週四。我猜週末工程師們應該會到公司加班。早點測完，早點產品上市，就可以快點賺大錢。這一直是這個行業的鐵律。

週一一早十點多，我就又接到學長的來電。這次不只是震驚而已了，是核彈級的震驚。

「完了，完了，IC都不能動。」學長劈頭就這麼說。
「工程師加班啊，搞到晚上十點，都測不出來問題在哪裡。」
「完全沒有頭緒。好像IC根本不聽使喚，要它走A，它卻跑B。」
「怎麼會這樣哩，以前做都沒有問題，怎麼這次這麼嚴重。」
我一下子不知道如何回答。通常客戶負責設計的工程師最瞭解，要先理出一個方向，才能追查失敗的原因。如果工程師找不到方向，這個問題就嚴重了。
「工程師找不出原因嗎？」我問。
「完全沒有頭緒，錯得很離譜。」學長繼續說：「會不會你們工廠的製程出了問題啊？這應該查得到吧。」
IC製程是非常嚴謹的，每一關都有品質檢測，也會留下檢測數值。如果可能有問題，我應該會接到工廠來的報告。但是這一次沒有。
「我去跟工廠查查看，我再跟學長報告結果。」
掛斷電話之後，我就找了凱文來，告訴他這個消息。他也是十分震驚。我要凱文把有關這個案件的所有步驟重新跑一遍，然後和一個月前簽約時的資料仔細比對，看是不是我們有什麼疏漏的地方。另外我也要凱文和日本工廠聯絡，調出IC晶圓的所有測試資料，看能不能找出任何問題。
然後我去報告給今井先生知道，這是個重大的危機。

「怎麼會這麼巧，當我們正面臨現電公司的競爭時，在這個重要時刻，案子卻失敗。」今井先生說。

「是他們設計的問題？還是我們的問題？」

「還在查，但是還找不到原因。」我回。

「真糟糕，長訊會不會因此轉向現電，改到他們工廠投投看？」

「我會請業務注意一下，看現電最近有沒有什麼動作。」

今井先生究竟是業務頭頭，他先注意到的是長訊公司會不會轉向。這是正確的。我們雙頭並行。找出問題是我們技術部門的責任，而今井先生得用盡一切手段去阻止長訊投向現電的懷抱。

第二天下午，凱文來到會議室跟我匯報檢查的結果。他看起來一臉憔悴，好像昨天晚上沒睡好的樣子。我完全可以理解他所面對的壓力。安雄剛走沒多久，他升任我最重要的助手，負責最重要的客戶，而第一個案子就失敗。他應該是比誰都難過。

「你昨天沒睡好嗎？」我問凱文。

「不是沒睡好，根本睡不著，壓力好大。躺在床上，我一直在想到底是哪裡出錯。」凱文回我。

「我也覺得壓力很大，但你還是要盡量作息正常喔。這件事很可能不是一兩天可以解決。你要撐住啊，你很重要。」

「葉桑，我會的。要正常一點，才能頭腦清楚，我瞭解。」

「你有找到什麼問題嗎？」

「沒有。所有程序都對，跑出來的結果和簽約時的資料比對，也完全一樣。根本沒有任何出錯的可能。」

凱文把電腦上印出來的比對結果攤在會議桌上給我看，確實是沒有任何異狀。

「我也去工廠調資料。看看晶圓生產後的測試結果。所有量測值全部都落在平均值左右，意思也就是沒有任何一個步驟有偏差，製程應該是沒有問題的。」

凱文再給我看另一份工廠傳來的報告，一樣看不出有任何奇怪之處。

「如果我們這邊沒有錯誤，長訊工程師又找不到問題，這個案子會停擺。這樣就麻煩了。」我說。

技術上沒有問題，我們只能朝人為疏忽上繼續找問題。像是檔案名稱寫錯，或者傳送日本時傳錯等等。我和凱文又討論了幾個可能的地方，我要凱文再仔細看一次，尋找任何可能。

週五時，今井先生跟我說了一個糟糕的消息。根據業務與長訊公司的採購人員打聽的結果發現，現電不僅已經透過工程師知道這個案子失敗，而且立刻又前去拜訪了李總，不但再降一次開發費用，而且保證用最短的時間幫長訊公司重作IC。就只等著李總點頭。李總或許還在考慮，但是恐怕也撐不久了。

現在兩邊夾擊的壓力全部回到我身上了。我既要負責找出案子失敗的原因，又得阻止李總，也就是我的學長，倒向現電安雄那邊。

又過了一個禮拜，毫無進展。我們還是深陷五里霧中，完全看不到出路。現在天天擔心的就是李總會不會變心。情勢越來越不樂觀。

那天早上開過部門會議後，工程師各忙各的。我沒有立刻回座位，而是走到擺放工作站的小房間，也就是先前長訊工程師做最後驗證的地方。打開電腦，我開始再一次毫無目的的搜索，想從滿山滿谷的資料中，找到新線索。其實我已經做過同樣之事很多次，都是徒勞。不過，我還是不死心。

突然間我想到一個問題。這兩週來，我們反覆檢查的都是客戶的資料，但從來沒有考慮過我們內部的元件資料庫有沒有問題，也許可以查看看。

元件資料庫是日本工廠傳送過來的，是給客戶使用當作IC設計中的基本元件，客戶拿這些元件去設計他們自己的線路。元件資料庫被設定為只能讀出來取用，不能更改。既然不能改變，理論上不會有問題。但我在一一檢查這幾千筆元件資料的過程，居然看到有兩筆的設立時間跟其它的都不一樣。正常的應該顯示去年九月，也就是從日本傳送過來的日期。

怎麼會有兩筆的設立時間跟其他不同，我感到疑惑。於是，我打開這兩筆資料，檢查裡頭內容。天呀！這兩筆資料被改過了，而且被改得極為精巧，讓軟體檢查不出錯來。完全是行家的手法，我真的不敢置信。

能夠去改這兩筆資料的一定是擁有密碼權限的人。知道密碼的就只有三個人，我、凱文或者安雄。但不會是凱文。他新官上任，不可能去砸自己的腳。那就只剩一個可能，安雄。

我終於找到問題的所在，但這發現也摧毀了我對人的信任。我可以理解，安雄跳槽到競爭對手公司，以獲得較好的待遇。但是，破壞我們的資料庫，用這種手段來贏得獎賞，這已經超過我對人性的瞭解，更何況我們曾經是感情很好的同事。

我去把凱文找過來，給他看我找到的兩筆資料，他也是臉色大變。

「這不是我改的。我不可能去動它。」他的結論跟我一樣：「那麼，唯一的可能就是安雄。」

「會不會是他離職前，偷偷改的，故意要讓我們失敗。」凱文問。

「不是。因為那兩筆資料的改動日期是在他離職之後。」我肯定的說。

「什麼，難道他半夜偷偷回到公司來改。」

「也不是。他是從遠端透過電話線路，回到我們系統裡改的。」我說。我已經事先想過各種途徑，這是唯一的可能。

為了方便資料傳輸，我們部門裡有一條電話專線接數據機。日本總社透過電話專線傳元件庫資料給我們，我們透過專線送客戶資料到日本工廠。而任何人只要知道電話號碼，知道密碼，就可以透過通訊軟體，進到我們的系統裡。進到系統裡，便可以讀資料、寫資料。而知道電話號碼、密碼的就只有日本的工程師和我們三個人。所以，我的推測是，安雄離職後，透過這條電話專線，進到我們的系統，並更改了那兩筆元件庫資料。

「哇，真不敢相信，安雄會這麼做。」凱文一副不可置信的樣子。

「安雄離職後，你有改掉密碼嗎？」我問。

「沒有。因為那時長訊的案子正在進行，更改密碼會造成日本那邊不方便，所以一直沒改。」

「糟糕，這就是漏洞了。」我說。安雄一離職，我們應該就將密碼改掉的，但當時我們沒有這樣做，沒有想到要防備曾經是好同事的人。

「那我要不要趕快改掉密碼？」凱文問。

「不要改，那會打草驚蛇。一改了，安雄就會發現我們查到這個漏洞。先讓我想一想。」最後我交代凱文，不要讓任何人知道這件事。也要他每天注意數據機上的燈號，如果紅燈亮起，表示有人進入我們的系統。如果不是日本在傳資料，那很可能就是安雄。

這已經不只是一場單純的商業戰，牽涉到法律問題了。我趕快跟今井先生說，然後一起報告給總經理知道。總經理指示負責法務的馬克副總和我共同來處理這件事的後續事宜。

我先寫了一堆報告，中文的和英文的，為了讓所有相關人員瞭解案件的全貌，包括公司裡的高階經理、總社的相關人員和總社的法務部。然後，馬克副總考慮日後可能有上法庭之需要，所以決定去找一個律師來跟我配合。

找律師的過程還出現一段插曲。原先公司都跟一家國際級的法律事務所合作。但是，他們經驗豐富的老律師聽不懂，什麼是透過電話專線進到系統改資料。老律師的建議是，要記得拍照和留下犯案指紋。馬克副總聽到後，覺得老律師不懂科技，這樣不行，所以另外去找了一位年輕的女律師，曾經處理過這類型科技案件的。

女律師果然是非常細心。在看完我的報告之後，想到的第一件事就是去追查那兩筆資料被更改的那一天，電話是從哪裡打過來這條專線的。所以，她到刑事警察局去報案，請刑警到電信局去調資料。

一週後刑警跟律師說，電信局只保留一個多月的紀錄，所以查不到那個時間打進來的電話。聽到這消息，我和凱文都有點失望，失去了唯一的證據。

但也還沒有到完全絕望的地步。最後一條路是，繼續等。等到有人再從那條電話專線進來，再去追查。但是，萬一不再有人進到專線來，那麼這個案件將會永遠石沉大海，沒有真相大白的一天。

現在什麼都不能做，只能等了。而等待是最難熬的。

發現那兩筆資料被竄改，確認是安雄所做的那一天晚上，我躺在床上翻來覆去，完全睡不著。其實出事之後的這幾週，我的心情就一直很低盪。安雄曾經是我最得力的助手，我們一起工作、爬山、打球、唱KTV。我們共同起造這個部門，並一起創出令人驚豔的營業成績。這個部門是我們共有的成就。然而他離開之後的第一件事居然是要去破壞它。他只是認為這是商業競爭的常態，不擇手段是選項之一。還是他覺得受到不公平的待遇，必須以這種方法來反擊。

他到底在想什麼？另一方面，我也檢討我自己。是不是有什麼地方做錯，或至少是做得不夠，才會招致這樣的結果。我有太多的疑問，卻沒有人可以回答。

這幾週恰好心美沒有打電話來，依潔也沒有找我去吃飯。我陷於完全的孤立。而這種孤獨之中的精神折磨，我想是我應得的。我是經營這個部門的最大受益者，是最合理的箭靶，所以針對我的任何反動計謀都有某種程度的正當性。我試著不這麼想，但很難不歸結出這樣的結論。

也許當時安雄要走時，我應該聯合今井先生去說服總經理，給安雄特別調薪。那麼他會留下來，安心當我的左右手，等待有一天可以接班。如果是這樣，這一切就不會發生。可是已經太晚了。命運像天空中爆開的焰火，令人怵目驚心，而且完全不可回復。

這些日子，除了開會，處理客戶案子，我只在公司和內湖租處安靜地往返。我常一個人反思，想前因後果，但不論怎麼想也改變不了事實。

有一天下午，我又在座位上回想時，突然接到櫃檯電話說，有我的包裹。

我從來沒有在公司收過私人包裹，這應該是第一次。我也想不出來，有誰會寄東西來。我走到櫃檯，領出來一看，立刻認出是心美的字跡。她為什麼突然要寄個小包裹給我，而且也沒事先告知我，感到有些不尋常。

我打開包裹。看到裡頭是一個精緻包裝的萬寶龍皮夾和心美的一封短信。

你升官之後，還沒有幫你慶祝。

我看到你的皮夾，很破舊，我想你應該要換一個了。
我找好久，希望你會喜歡這款樣式。
即使我們不常見，但它可以一直陪在你身旁。

讀到最後那幾個字，感到很溫暖。溫暖的不是因為得到一個新皮夾，而是我一直明瞭心美的心意，她的想望。我沒有想到她會以這種方式來表達。在這種低潮的心情下，收到這個禮物，當然感到溫暖。

但是，心美應該是不知道我因為安雄之事而心煩，而我升官已經是將近一年前的事，到現在才送我禮物，還是有點奇怪。為什麼隔了那麼久。

我帶著疑問走回自己的座位。經過艾咪旁邊時，順口問了一下。

「我們部門機器的維護合約是什麼時候簽的？是不是快到期了？」

「我看一下。」艾咪轉身翻閱桌上的文件夾，翻出資料看了一下。

「還沒喔，還好幾個月。」艾咪說：「你不用擔心啦，洪小姐非常積極。時間快到時，她一定會主動跟你聯絡的。」

「她是很積極，沒錯。應該不會漏了維護合約。」

「奇怪，最近好像都沒看到她來我們公司走動喔。」我故意這麼說。心美最近連電話都沒打過來。

「她最近可能不會來啦。」艾咪回我。

「為什麼？」

「聽說她結婚渡蜜月去了。」

「什麼！」我愣住了，非常震驚，簡直不敢相信自己的耳朵。

「聽隔壁部門的工程師說，她最近結婚了。你不知道嗎？」艾咪重複了一遍。

我是不知道，心美沒有說。

可是她今天送了我一個貼身的皮夾。

我的心突然直直下墜，感到無比的空虛與失落。我想起幾個月前在指南宮花園裡和她的對話，那是最後的暗示？她在問我，要不要挽留她。我是怎麼回答的？既沒有要她選哪一個人，也沒有叫她等等，等待我釐清自己的感情。她一定很失望，她已經表達得那麼清楚。我真是個笨蛋。

但是，如果這一切可以重來，我會選擇心美嗎？我的心一直在依潔身上，怎麼叫心美繼續等待，我不能那麼自私。她應該去追求自己的幸福，我有我應該承受的後果，失望應該由我來承擔。

我開始回想認識心美的過去這幾年。從會議室中相見、羽毛球場旁的等待、婚宴上的假夫妻、租處一起吃麵和指南宮上的談心，她只帶給我快樂，我給了她什麼？心型巧克力，只夠維持一個情人節的長度。心美是那麼好的一個女生，她確實應該丟下我，不需要為了一個笨蛋去耽誤自己的未來。

心美結婚了，要好好追求自己的幸福。我沒有任何立場可以多說一句話，除了祝福。

回到座位上後，我就把皮夾換過來了。從今以後就由這個新皮夾陪著我。讓我永遠記得心美的好和自己的遺憾。

少了心美電話，日子還是要繼續。

八月底有一天下午，當我正在與業務開會時，凱文突然來敲門。他進門後跟我說，有緊急的事，請我去一下。我立刻跟著他來到工程室。

在工程室裡，連接到電話專線的數據機上面紅燈正閃亮著。有人正透過專線，進入到我們的系統。

「我有打電話去日本問工程師，他們說不是他們。」凱文說。

「如果不是他們，很可能就是安雄囉。」我看著凱文說。

「我認為應該是。」凱文回答我。

抓到了，我心想。這人實在很大膽。既然成功破壞了我們的案子，就應該就此收手，隱匿起來。難道他真的覺得我們查不出來，我們的技術能力不足以發掘真相。如果他從此不再使用這條路徑，能夠克制自己，這件案子將永遠石沉大海，我們的揣測只是揣測，沒辦法證實。現在他自己給了我們機會。

閃爍的紅燈好像在跟我們招手。來吧，來吧，看你們抓不抓得到我。我立刻撥了電話給律師，請她趕快連絡刑警，再到電信局去調資料。

幾天後刑警回覆了。他們查出來，電話是來自韓商現電公司的辦公室。

賓果，這證實了我們的推論。

副總、律師和我三個人立刻組成一個特別小組，討論未來的所有行動。

「我們要提起訴訟嗎？」律師問。

「我已經跟總經理和日本總社的法務部報告過。總經理要我們聽從法務部的決定。法務部指示我們要提起訴訟。」副總說。

「確定了？」我問。其實我是很不想把這件事帶進法律層次的。那意謂著蒐證、對質、檢察官詢問和法庭攻防。而我只是個工程人員，只想處理技術方面的工作，對辯證人性善惡之事沒有任何興趣。可是我是受害的部門經理，面對受害的客戶，我的責任無可逃避。

「非常確定。一定要提告。」副總說。

「那要告安雄？」我問。經過這個事件，副總應該不會喜歡安雄這個人，但我認為他也只是遵照總社的命令做事。

「沒辦法告安雄。因為電話的所有者是韓商現電，所以必須告韓商現電。然後再由他們來查，究竟是誰撥打了這支電話。」律師說。

「所以，我們要去告韓商現電。」我說。

「其實。」律師稍微停頓了一下才繼續：「真正最直接的受害者也不是我們，是長訊公司。他們才是最有資格提告的。」

「什麼，怎麼那麼複雜。」我感到很意外。但法律之事就是那麼麻煩。

「所以，長訊公司必須知道這件事。如果他們要提告，我們再配合他們。如果他們不打算提告，才由我們來。」律師說。她講得很清楚。

所以，我們得到一個結論。由我負責去跟長訊公司李總解釋，李總的意見回報給副總。副總再報告給總社法務部，聽他們的決議。律師則等我們消息。

開完會後，我就立刻跟學長約了時間，要直接到新竹的長訊公司跟他當面報告。

那天我把整個故事從頭到尾仔細的跟學長說明。我們的元件庫資料是如何被竄改，造成他們的案子失敗。而我們又是如何一步一步找出，是誰進到我們系統進行破壞。他們當然是為了跟我們爭搶長訊公司這個大客戶。

「哇，真精彩，這跟電影情節一樣。」學長說。

「安雄真聰明，不過他的聰明用錯地方了。」

既然查出來不是設計或製程上的問題，學長也就不用那麼擔心這個案子。該重做的重做，該走法律的就走法律。

「所以，你們要告安雄。」學長跟我的想法一樣。

「還沒。事實上真正的受害者是你們，所以你們最有資格提告。」

「提告？不會啦。我們不會去提告。跑法院多麻煩啊。反正我們已經知道這不是技術問題。只要把元件庫資料更正回來，重新製作，我們就可以拿到正確的IC。」學長繼續：「我們以後也不會去跟現電合作了。他們這樣是不行的，做生意不能用不正當的手段。」

「所以你們不提告，那我們公司會提告喔。」

「好啊，你們提告，把這件事攤出來讓大家知道。」

「如果我們提告，法官可能會來問長訊，是不是真的有損失，損失有多大。」

「哇，這麼麻煩啊。好啦，好啦，如果法官來問，我們會去說明。」

學長願意協助，這是最好的。不然，沒有受害者，這訴訟怎麼進行。

當我們談話要結束時，學長很好意的跟我說：「你識人不明。以後要多小心一點，人心難測啊。」

這是善意的提醒，人心難測，但是怎麼測？我寧可把這件事想像成一場單純的商業競爭，只是對方使用了法律不允許的手段。這就可以規避安雄跟我曾是好同事，我的助手，這樣的一個事實。

我回報了我跟學長討論的結果。律師和副總都知道了，但是還不打算要提告。因為副總說：「我們要先約韓商現電的負責人出來談。我們要知道，韓商現電是否知情，是公司指使安雄這麼做？還是這是安雄的個人行為？」

天呀，要這麼麻煩啊，我心想。但是副總的考量絕對是正確的，我們總要弄明白真正需要負責的對象。如果公司知情，安雄很可能是在壓力之下，不得不做，那麼這就變成是兩家公司之間的法律問題了。

第一次會談還不需要律師出面。所以，這是副總和我兩個人的任務，即使我內心裡百般不願意。

副總跟對方的董事長兼總經理，一位姓白的韓國人，約了要見面。時間訂在一個上班日早上九點，約在一家旅館的小型咖啡廳裡。副總判斷那個時間是不會有什麼人聚會或進出，很適合見面會談。

約好的當天，我們提前十五分鐘到，一邊喝咖啡，一邊討論待會兒要如何進行。九點整，一個中等身材皮膚稍黑，戴著銀絲邊眼鏡的中年男子，出現在我們面前，正是現電的董事長。經過簡單的自我介紹和寒暄之後，我們立刻切入正題，由副總開場。

「白先生應該聽過長訊這家公司吧。」副總說。

「當然知道，長訊是台灣很有名的一家電子公司。」白先生說。

「那白先生也知道貴公司的員工，安雄，是來自我們公司，過去在我們公司負責長訊的業務的。」副總繼續說。

「我知道安雄是來自貴公司，但我不知道他過去負責什麼樣的業務。我是總經理，不會管到這麼細。」

「最近我們有一個長訊公司委託的IC案子失敗了，根據我們追查的結果，很可能是遭到人為破壞。」

「遭到人為破獲?這件事跟我們有關嗎?」白先生顯露疑惑的表情。

「我們從發現的資料裡研究推斷,很可能是安雄使用貴公司的設備入侵我們公司內部系統所做的破壞。」

「你們認為是安雄所做的?」說完,白先生的上身稍微後仰,然後臉上表情變得極為嚴肅。看樣子他覺得這是一件嚴重的事。

「到目前為止的證據看起來是如此。」副總說得很篤定。因為這樣明白的指控,白先生的臉色顯得更加凝重。

由於一些技術細節我比較清楚,接下來由我加以補充。我們並不打算對白先生隱瞞些什麼。我們的基本假設是,他也是個規規矩矩的生意人。我們也不怕他會推拖湮滅一切,究竟我們手上已經有了刑警局提供的證據。

白先生聽過之後,仍是一臉嚴肅,沒有顯露任何多餘的情緒,但是他說得非常肯定:「這件事情我完全不知情。而我對技術方面的事,也不大瞭解。我需要回去查查看,才知道到底發生了什麼事。」

我們和白先生只討論了半小時,但是已經足夠,足夠讓白先生回去忙上一陣子。

等白先生離開之後,我才問副總:「你覺得白先生事先知情嗎?」

「看起來不像。究竟他也是海外赴任的派員而已,用不著冒著違法的風險來搶功。如果是這樣，事情會比較單純一點。」

「單純一點？」我有點疑惑。

「就不會是兩家大公司對打啊，那比較麻煩。如果他不知情，很可能是安雄的個人行為，我猜白先生應該會想辦法劃清界線。」

「那我們接下來要怎麼做？」

「等啊，等一段時間，看他查的結果怎麼樣。看他怎麼做，我們再反應。」副總說。

於是，我們等了兩個禮拜。

兩個禮拜後，副總終於把律師和我找回來開會。

「有結果了嗎？」律師問。

「白先生有打電話來。他說他仍然不清楚究竟發生了什麼事，但是上週安雄已經自願離職了。所以，他也沒辦法再追查什麼。」副總說。

聽到這消息，我感到十分詫異，但是律師和副總顯得相對平靜。

「高招，這是棄車保帥。以後如果會到法庭上攻防，白先生一定什麼都說不知道。要往下追查就更難了。」律師說。這是根據她的經驗。

「那這樣我們還要告現電嗎？」我問。我是沒有預料到，會這麼曲折的。

「白先生這樣做，其實也是給我們一個暗示。人都不在我這兒了，你們也就不用來告了。」

告了，大家都麻煩。」副總繼續說：「但是，安雄離職也有可能只是個幌子。公司有可能讓他請個長假，先避避風頭再說。也有可能是把他移到代理商那裡，讓他以不同的身份繼續做一樣的工作。」

「那我們要先查證安雄究竟去了哪裡嗎？」我繼續問。

「我們自己查證很困難，可能要找徵信社的人。」律師說。

「什麼，還要找徵信社？」這真的超乎我的想像了。

「查證也沒有什麼意義。他們還可以再變啊。譬如他可以真的離職，躲在別的地方，但仍然跟現電合作啊。我們沒辦法切斷他們兩方之間的關係。」副總繼續說：「總之，現電會希望我們不告了。」

「如果我們不提告，這件事可能就此結束。知道這件事的就只有我們幾個人。」律師說。

「這樣也不對。好像這件事從來就不曾發生，或者是說，這根本不是什麼錯事，只是玩遊戲被抓包而已。這可能有負面的影響。」副總說。

「負面的影響？」我說。

「做錯事不用負責任啊，有本事就可以逃掉。」副總繼續說：「所以，我們還是要告現電。大家到法庭上把真相說出來，攤在陽光下，不管官司的輸贏為何。」

「所以，要開始寫狀紙囉。」律師說完，轉頭看看我之後繼續說：「如果提告，那很多地方需要請你幫忙。」

「需要我的地方，我會盡力。」雖然我不清楚可以做些什麼。

「當我去遞了狀紙之後，檢察官會找我們去問話。我們資料要準備得很充分，要講得很清楚，說服檢察官，讓他對這個案子起訴。」

「我們得證明，元件庫資料被這樣一改後，IC確定會失敗。我們不能自己用嘴講，必須找一個公正的第三方來分析並作證，譬如找大學教授或工研院的專家來說明。」

「我們也得指出，這產生的損失有多大。只單純說明我們自己的損失，還是把長訊公司的損失也涵蓋進去。這樣就要請長訊公司來解釋。」

「最後一點最重要的，犯案都得講動機和能力。安雄雖然有動機去做這件事，但他有沒有能力去做這件事，我們也得去證明他有這個能力。如何證明有點困難，但是法庭審理案子一切都是看證據，所以得好好想一想。」

「總之，這件案子可能會拖很久，一兩年跑不掉。」

聽到律師的說明，我的心冷了一半。原以為這件事已經接近尾聲，只要起訴，接下來就沒有我的事。沒想到這才剛剛要起步。要證明律師所說的這些事，有多難啊，我實在難以想像。

副總聽過律師的描述後倒是沒有什麼過多的表情。也許法務的事情他看多了，習慣這是怎麼一回事。他拍拍我的肩膀說：「接下來就麻煩你了。」

我感到好沉重。這場會談結束，我的工作才真正開始。

十、雨水落在回憶上

艾咪也要離開了。

但我沒有能力阻止，也不能阻止，因為她要去結婚。

艾咪的夫家是北投地區的一個小地主，有好幾家店面。結完婚後，她要專心當家庭主婦。同事們都笑稱她是回家去數鈔票的。

能夠有個好歸宿，我替艾咪感到高興，但也感到很孤單。她走後，這個部門剛成立時的老員工，剩下我一個。最後的一個。

記得艾咪來面試的那一天，結束之後要離開時，在公司門口艾咪私下問過我一個問題：「來這裡上班要不要常加班？」

我肯定的回覆：「工程師可能需要，但助理完全不需要加班。」

我後來選擇要來浦生公司上班，跟雪莉是有些關係。不知道她是不是因為我那一句話，決定要來公司的。有時命運就在一念之間，決定了相遇或分離。

她剛來的那一陣子，小泉經常去開會，麥可時常不在公司。有點空曠的辦公室中，只有我和她兩個人相依工作。所以，中午我們常一起去街角的一家排骨麵店吃飯。那時候很單純，彼此的工作生涯都剛起步。沒想到日後這個部門的變化會那麼大。麥可消失，小泉回日本，雪莉去了香港，摩里斯跑去美商，而我們正與安雄打著官司。不論我多麼不願意，她的離開，象徵一個小時代的結束。

她工作的最後一天，我請她再去那家排骨麵店吃頓飯。

「還記得嗎？我們剛到公司時，常來這間餐廳吃飯。」我說。

「記得呀。一晃眼四年多，時間過得好快。」艾咪繼續說：「其實也不算挺長，但是我們的部門變化真的很大。」

「人幾乎換過一輪。妳走了，老員工就只剩下我。」

「天下沒有不散的筵席啦。工作就是這個樣子，不用想太多。」

「妳還有跟我們部門的那幾個人聯絡嗎？」

「除了雪莉之外，都沒連絡。但雪莉才去香港不久，也還在適應中。」艾咪說：「等她比較穩定了之後，再找個時間去香港找她玩。」

「我也沒跟他們聯絡，不知道他們過得如何。」

「安雄大概過得不好吧。」艾咪說。

自從我們對韓商現電提出告訴後，這件事情就公開了。我還特別召開一個部門會議，解釋了這個案子的來龍去脈。如何發生，怎麼發現，決定提告，日後要怎麼做。當時第一次聽到這件事，所有的人包括艾咪都十分震驚。也許是太震驚了，需要沉澱一下，所以現場沒有人表示什麼意見。既沒有人幫安雄說話，也沒有人發言支持公司，就是沉默地接受。

「長訊公司後來有跟現電合作案子嗎？」艾咪問我。

「我想他們應該不敢跟一個會耍手段的公司合作。長訊仍舊是我們的大客戶。」我說。

「安雄後來離開了現電？」

「根據我的瞭解，好像是。不知道他們私下有沒有繼續合作。但我們沒有從別的客戶那裡再聽到安雄的名字。」

「所以長訊沒有跑掉，安雄離開現電，也算是受了懲罰。而我們公司又沒有遭受多大的損失，那還需要告他嗎？難道不能放他走？」艾咪問我。

這不是我所能決定的，艾咪應該瞭解。但我可以體會艾咪的心情，好歹我們曾經是同事一場。

「妳知道的，我們是日本公司，日本公司都是集體決策，不是某個人說了算。一旦做成決定，所有人都必須遵守。總社的法務部決定要告，我們就只能照辦，不管結果如何。」我說。

「但是你應該瞭解安雄那個人的，他絕對不是壞人，只是臭屁一點，覺得自己很厲害。當時他這麼做，很可能只是一種頑皮的心理，只是想惡作劇一下而已。並沒有想到會引發那麼大的問題，居然還得上法院。」

「如果他事先知道會引發這麼大的風波，他絕對不會這樣做的。」

我同意艾咪的看法。安雄是有點自大，對自己太有自信，可能以為沒有人會察覺他的傑作。而即使是我，我也沒預料日後會鬧得那麼大。

「我們一起工作那麼久，我當然知道安雄是什麼樣的人。我不認為他是故意要讓我們失敗，但他很可能是認為要點小手段是商業競爭的常態。他雖然沒有很深的惡意，但沒有深思，結果鬧大了，不容易收拾。」

「真的沒有轉圜的餘地嗎？」艾咪露出誠懇的表情。

如果摩里斯、雪莉還在這裡，應該也會問我一樣的問題。如果現在是麥可當家，看看公司沒什麼損失，必定也是大手一揮，算了算了。我們不過是在這裡工作，領人家一份薪水，何必彼此為難。更何況我們曾經感情很好。可是他們都不在了，獨留我一個人承擔。對我而言，這是理智與感情的交戰。但作為一個部門主管，為了避免日後再生困擾，應該還是理性一點好。

「即使我想放他走，我也不知道該怎麼做了。」我講的是真心話。我總不能在公司月會上，突然站起來說，算了吧，不要再追究，放安雄一馬吧。那樣別人會怎麼看待我，這個為公司帶來麻煩的部門的主管呢？

「已經太晚了。」我這樣做結論時，看到即將離開的艾咪臉上浮起失望又難過的表情。

艾咪走了之後，她的位置空了一陣子。助理的工作先由別的部門支援，直到有一位原本是約聘的人事小妹，從學校畢業升為正式職員後，才調來艾咪的位置。但她已經不會有事沒事像艾咪那樣過來找我聊天。對她而言，我是她老闆，所以對我總是畢恭畢敬的。

其實不只是她，部門所有工程師都是如此。

艾咪走後，我僅剩的精神依靠就是依潔了。

在安雄事件發生之後，當我有機會跟依潔講話，我都會把案子的發展跟她說。但她好像沒有多大興趣，只是聽聽而已，很少問我些什麼。有時我會覺得她似乎心有旁騖，所以才顧不到我這邊。但是我可以理解的，A先生鐵定是那個原因。

我問過依潔一兩次，A先生後來的決定是怎樣。依潔的回覆都很含混。還在努力，還沒有確定，很難決定。總之，我想A先生是一天比一天難過。

有一天我在依潔那裡吃過晚飯後，她跟我說。

「A先生可能要做成決定了。」

「他要跟著議員去國會？還是繼續幫大老的兒子選議員？有其他的選擇嗎？」我其實也有點關心他，即使是競爭對手。

「不管他怎麼決定，一定會影響到很多人。」依潔回我。

「這是一定的，位置就那麼幾個。不是他佔到別人的，就是別人影響到他。」我說。

「也許會得罪人，但也顧不了那麼多，究竟自己的未來還是最重要。」

「喔，看起來A先生會有大動作。」

「也算是吧。是時候了，應該為自己想一想。」依潔是看著我說的，眼中有一絲絲無奈的表情。我想她是為A先生感到無奈。

「A先生如何決定，我都希望他可以成功。」我說。

「等確定了再說吧，一定會讓你知道的。」依潔說。

那天吃完飯後，我們做愛了。而且做愛的過程，依潔顯現少有的熱情。更令人意外的是，結束之後，她讓我在那裡留宿。這是第一次。我長久以來的幻想就是，下班可以跟她共進晚餐，然後在同一張床上一覺到天明。沒想到這居然發生了。

第二天早晨我在明媚的陽光中抱著依潔醒來時，內心感受是非常幸福的。老實說，自從A先生喝醉酒後這幾個月，我總覺得依潔跟我的距離時遠時近。經過這個晚上，這些陰霾終於散去。

我躺在床上，開始編織對未來的想像。可以先花筆錢買些必要的家俱，把房子重新佈置，也可以直接就住在一起，其他慢慢再說。任何的改變，只要依潔同意。

A先生會去衝刺他的前途，而我想只要再耐心一點，依潔終究會屬於我的。

所以，我只要等待。

我靜靜地等待，誠心地等待。

結果，那個下午，我等到了一個包裹。發信地址來自信義路。依潔從來沒有寄信給我過。

因為心美那次的經驗，收到這個包裹讓我突然感到很害怕。在我打開這個包裹之前，我想先弄清楚是怎麼一回事。

回到座位，我立刻撥了仁愛路花店的電話，沒有人接。我再撥了信義路的電話，一樣沒有人接。

我已經不只是害怕而已了。恐懼像一隻蜈蚣那樣爬上我的脊椎，然後像毒液一樣擴散到我全身。

包裹擺在桌上，我盯著它好長一陣子，沒有勇氣去打開。一個多小時後，再打了電話。遠方的電話鈴聲仍舊空響著，我的心已經沉到谷底。

終於，我鼓起勇氣，決定要打開這個小包裹，不再逃避。

包裹裡頭有塊CD和一封信。我打開信來看。

親愛的

當你看到這封信時，我已經不在台灣。

當著你的面，我大概說不出來，將要離開的這件事。我想不到更好的方式說再見，也許不說再見就是最好的方式。

我把信闔上，全身顫抖著。我簡直要崩潰，這真是我難以承受的結果。依潔離開我了。這是真的嗎？這幾個月來沒有任何預示，還是我一廂情願地故意忽略？我的呼吸越來越沉重，腦海中一片混亂，沒有辦法做任何思考。

我抬頭看著窗外，需要一點時間蓄積勇氣，恢復呼吸，才能繼續讀下去。

跟你在一起的這幾年非常美好，充滿回憶。謝謝你。謝謝你的溫柔，謝謝你的寬容，謝謝你的耐心等待。這讓我覺得自己是世界上最幸福的人。

但該來的終究要來。很對不起，我讓你感到失望。

我們每個人都要有所選擇，沒有什麼是客觀的，只能從個人的角度去考慮。什麼是對你最好，什麼是對我最好。我在非常遺憾之中做了選擇。

你是很優秀很棒的一個人，不知道誰有那樣的福氣可以跟你在一起。不論是誰，一定要好好努力，生幾個漂亮的寶寶啊。想到那樣的畫面，覺得好美好。但我不知道有沒有機會看到。

我也不再擔心你的五十歲生日了，即使被說是阿姨來幫你慶生，也沒有關係。

最後希望你可以順利去找到很漂亮的另一半，開始比我的更美好的人生。

會永遠愛你的潔

PS：你不適合再聽Joan Baez的〈Diamonds and Rust〉，也不適合聽黃鶯鶯的〈哭砂〉。聽聽看這塊CD裡Cat Stevens的〈Morning Has Broken〉吧。

讀完信，我閉起眼，往後仰躺在自己的椅子裡。我所逃避的，我所懼怕的，夢的結束，真的發生了。內心湧起一種難以描述的悲傷。我不相信，就這樣結束了，但我不得不相信，依潔的信在我的桌上。

失去了泊岸的我的世界劇烈地搖晃。在黑暗中我感到孤單，好像被挖空一切。我就停留在那樣沒有重力的狀態，有如一輩子那麼久。

等到我終於找回自己的理智，恢復力氣。我突然覺得該做些什麼，即使可能已經太晚。我立刻把桌面收拾了一下，出發去仁愛路。

仁愛路花店果真沒人，鐵門是拉下來的。顯然不是一兩天的事了。

我再走到信義路那個很有家的感覺的巷子去。按了門鈴，等了很久，始終沒有人回應。二樓的窗子緊閉著。

我就在巷子四周來回踱著步，希望二樓的窗子會打開，依潔像往常那樣，再伸出手和送出滿臉的笑。等到天黑，路燈都亮起來了，什麼都沒發生。

然後我到巷口的麵店吃了晚餐。味道完全不一樣的炸醬麵和紫菜蛋花湯。拖了一個多小時後，再回去按門鈴。就這樣等到晚上九點多。

我沒想到依潔這麼堅決。

也許她的堅決是因為她的心太軟。她沒辦法再面對我，面對我就無法下定決心，只好用一封信來劃開未來。

我終於決定放棄，放棄今天。剩下的幾個小時對我已經完全沒有意義，我用最簡單的方法把它蹉跎掉。我走路，沿著信義路往東，到敦化南路再往北走。松山機場前往右轉，經民權大橋，徒步走回家。

在路上我只想著依潔。與她在飛機上的初遇，然後是花店的重逢，想她在料理晚餐的輕巧模樣，也想她浮在浴缸裡的甜笑。想著有關於她的一切。那些曾經有過的美好，像浪潮一樣回來，把我捲進去。我沒有任何抵抗，我沉淪在回憶裡，不想浮出來面對事實。

一直走一直走，用疲累折磨我自己，直到我睜不開眼。

當第二天天亮之後，我醒過來，新的希望也跟著甦醒。

下班之後，我又走到仁愛路信義路去看。

仍舊是冷冰冰的鐵門深鎖，仍舊是二樓門窗緊閉。然後，又一天被我放棄，我再走路回家。

第三天我仍然重複一樣的路徑。

說不定會剛好有人回來收拾，或者二樓突然亮了燈。我等那樣的機會，即使我心知，希望很渺茫。

而從信義路回到內湖住處的那段路，這段將近十公里兩個小時的路程，就是我和依潔每天獨處的時間。

路上只要看到奧黛麗赫本式的短髮和寬鬆褲裝的背影，我一定會趨前查看。但只是換來一次又一次的失望。

走了幾天之後，我深深發覺我是多麼愛依潔。我對於她仍在我身邊時，沒有足夠的表白，我是多麼的需要她，感到很懊悔。但懊悔像沿路吹風中的秋葉，無聲無息的摔落。

我也仔細想過依潔選擇離開的原因。但是不管真正的原因是如何，失去她終究是我的錯，所以每天我接受這趟路，當成懲罰。

除此之外，我也不知道該怎麼做了。我的生活已然失去目標。就這樣過了將近一個月，直到那場輕度颱風來襲。

台北市政府發佈了颱風警報，我還是照走。

那天晚上風雨很大，雖然我撐著傘，但效果有限。走過敦化南北路時，許多路樹都搖晃不止。而風從四面八方襲來，讓我分不清究竟要遮哪個方向。我的褲管和鞋子一下子就濕透，然後是上衣。我盡可能躲在傘底下。但雨水很快地侵占了我剩下的身軀，幾乎沒有一處是乾燥的了。

走到民權大橋前，皮鞋裡已經蓄滿雨水。鞋子不再是鞋子，變成了累贅。我知道反正也不會有人注意，索性再瘋狂一點。我把鞋子和襪子脫下，提在手上，捲起褲管，就這樣光著一雙腳走上大橋。

橋面慢慢高起。橋上流淌的大雨從我的腳趾穿流而過，冰涼的感覺讓我知道，我正在風雨裡逆流而上，好像正走著與所有人都相反的方向。

當我來到橋面高點，風卻突然變小。按理說，寬闊的河面上，沒有阻攔，風吹應該更強烈。但是沒有。總之，是一個很奇怪的颱風。

橋上除了少量的行車，空蕩蕩的，沒有其他行人。再傷心的人現在都躲在家裡，我想。不會有像我這樣的瘋子。但是我已經沒辦法過正常人的生活，用正常的方式來思考。正常令我窒息，不正常才能讓我感受自身的存在。

就在這時候，我突然注意到東邊山頭上有個發亮的影子。定睛一看，居然是黃澄澄的月亮。

但這是颱風天，而且下著大雨，怎麼可能有月亮。我揉揉眼睛，撥掉臉上雨水，仔細再看一遍。要確定那不是長高了的路燈。沒錯，黃色的圓盤裡有月亮獨有的暗影，溫和而撫慰的黃光穿過雨絲正對著我照耀。

我突然覺得，那是我看過最美麗的月亮了。

我像著迷一樣，沒辦法把眼睛移開，好像進入一個月亮佈下的幻境。

在那段長長的路，因為有月亮隱約的照撫，減緩了我心中的憂傷。即使雨繼續下，光著腳的我全身溼透。

但當我要走下大橋時，雨裡的月亮突然失去蹤影。我慢慢走，反覆找，一直等待，月亮始終沒有再出現。也許是被烏雲遮住，也許是被大樓擋到，也許真的只是街角的路燈太高了一點。於是有一陣子，我開始懷疑是自己的幻覺。

我真的在大雨中看到月亮嗎？

我突然悲切的感受到，也許依潔從來就沒有愛過我。我愛上的只是自己在雨中看到，像幻覺一樣的月亮。

我好痛苦，依潔從來沒有愛過我，她愛的是別人，她為什麼不能愛我。我是那麼深深的愛著她。

沒有了依潔的世界裡，失去了月亮的大雨直直落，穿過我的身體，流過我的腳趾，打溼了我的心。

淚水混著雨水從我臉上滑落。

我的身體開始不自主的抽搐，感到無比的寒冷。每一步都變得難以描述的沉重，讓我幾乎走不下去。

我憑著僅存的意志，拖著光著的雙腳，在黑暗中無望地緩慢前進。

當我好不容易回到家，洗完澡，上床睡覺，我開始有發燒的感覺。第二天起來時，確定感冒了。我喉嚨不舒服，全身痠軟，無法去上班。請了一天病假。

第二天仍然沒有好轉，乾脆連第三天也請了。

我渾渾噩噩的過了三天。忽睡忽醒的過程中，月亮和依潔反覆出現在我夢中。依潔為什麼不愛我，我找不到自己的答案。

到了第三天晚上，我慢慢生出一些力氣，可以思考。我得到一個結論。終究不能再這麼下去，已經昏亂了一個月，總要有個結束。我還有我的工作，還有之後每一天的生活。仁愛路信義路的門已經永遠關上，依潔不會再回來了。我對自己這麼說，我必須習慣沒有依潔的日子，應該開始努力地振作我自己。

十一、再次相遇的開始

三天病假之後，我回到公司，決定試著把什麼都忘掉，用力工作。

我有時還是會想起來，仁愛路的花店和信義路的二樓公寓，但已經不會想再走過去。我把它打包，埋到記憶深處。我逼我自己忘掉一切。

在沒有其他選擇的情況下，日子重新開始。

安雄案子第二次開庭後沒多久，總經理任期已屆，被調回日本去。繼任者是五十多歲，臉上帶有條紋風霜的小林先生。小林先生在就任的第一週把我找過去談了一下。一方面瞭解我們部門的業務，一方面也想知道安雄案子的處理狀況。我據實報告，但他沒有太多的指示，他信任副總和我的處理。

我繼續和律師合作，準備資料，偶而跑法院，直到最後法院宣判。

我是從副總那裡知道結果的，甚至不是律師直接跟我說。雖然證據看來十分明確，但是我們公司被判敗訴。原因不是罪證不足，而是因為台灣日本還沒有簽署智慧財產權保護協定，日本的智財權在台灣不受保護。

在案子即將審理完成前，律師就跟我討論過這個問題。元件庫資料來自日本，所有權屬於日本總社。必須請日本將所有權轉讓給台灣分公司，我們才有權繼續打官司。但總社法務部經過研議，婉拒我們的要求。沒有所有權，我們當然敗訴。我們等於去做了一件註定要失敗的事。但所有人都按照公司規定來做了，至於結果如何也就不是任何人的責任。

我倒是鬆了一大口氣。長訊公司仍然是我的最大客戶，沒有損失。而安雄早已離開韓商現電，走出這個行業圈子。這樣已經足夠，我沒有意願把人逼到無路可走。從此我回到原本單純的工作，安雄自己去找新的未來。

當律師也不再跟我聯絡時，我有種感覺，所有人好像帶著過去的記憶全都離我遠去。而我是個感情斷線的人，在滿懷失落的情緒中重生。

但我很確定的是，我是這個小部門唯一的主宰了。不再擔心年底的績效考核和調薪。我隨時都有人員備案，為了應付偶爾出現的辭職信。

只是我一個人獨坐在辦公室的最後方，看著每一個兢兢業業工作的同事背影，得努力習慣孤單。

一九九五年十月底一個再平常不過的日子，我在結束部門會議之後，回到自己的位置。從身後窗格上陽光走移的情形，可以感受已經是秋天的時光。我想再幾天就得開始做明年年度計劃，也準備為這平順的一年做個了結。

部門助理蘇珊拿了同事的假單和公司的一些文件走過來，讓我簽名。當我拿起筆來簽名時，她突然開了口。

「老闆，會計部來了一個新人喔，叫米雪Michelle。」

「是嗎。」我不在意的回答。

「長得很漂亮，人又好，還可以講流利的日語。」蘇珊繼續說：「我有跟她小聊一下。她說跟你同校同屆畢業，說不定還認識你。」

「學商的，能講流利的日語，我不記得有這樣的同學。」這引起了我的興趣，但想不出任何人。

「待會兒人事部會帶她認識公司環境，到我們部門時，你可以看看。」

「好喔。」我回答。然後繼續我原來的工作。

大約一個小時後，人事部的人帶了一位小姐出現在我們部門門口。那小姐穿著一身的白底碎紅花裙裝，整燙過的及肩長髮，小巧而白的臉。遠看起來青春洋溢，確實很漂亮。當她接近到我面前時，面貌愈來愈清晰，剎時令我既驚又喜。

「妳是清惠。」我張大眼，張大嘴。

「お久しぶりですね（好久不見）。」米雪說，笑盈盈的。

「妳會講日語。」我還是很驚訝。

「怎麼啦，我不能學啊。」米雪笑出聲了。這迷人的笑聲，我是有點熟悉的，可是那是很久以前的故事了。

「怎麼這麼巧，妳會來我們公司。」

「不知道耶，命運吧，註定我們會再碰面。」米雪說：「好像跑了一個大圈圈喔，然後我們又遇到了。」

「你這些年好嗎？」我們幾乎很有默契的同聲問了對方。

回憶把我帶回大一的那個社團，我是在那裡認識清惠的。

剛進入大學時，第一週在社團招生的攤位上，我很快地加入一個文藝性的社團。只因為攤位上有我同系的一個學長不停的遊說。可以這麼說，我是因為人情攻勢，不是熱情而加入。既不瞭解社團設立的宗旨，也不清楚社團運作的目標。

入社之後，參加過幾天的新社員研習活動。我沒有很深的體悟，但因為沒有更好的去處，所以也就留下來。然後莫名其妙的被編派到學術組，懵懂的跟著學長，在第一個學期中舉辦六場看起來頗有未來大志的演講。就是在那時候，我認識了清惠。

每次演講前我們都會進行討論，清惠的意見不多，但是配合度很高。不論是邀請老師，或者是畫海報、佈置會場，都跟著大家一起做。我們兩個同樣都是新生，很談得來。大一的男生見識不多還顯得幼稚，但同樣的情況在大一的女生身上卻是清純可人。說實在的，我會繼續留在那個有點沉悶的社團，沒有半途而廢，有一半的原因也是因為她。

到了寒假，我們兩個都報名參加社團的期末營，地點是在新店山上的某個山莊。大家是搭了公車，再轉車到那個偏遠的地方去的。山莊裡沒有什麼設施，只有開會的會議室、住宿的床鋪和一塊大空地。白天我們開研討會，討論社團未來的方向，嚴肅了一整天。所以，晚上為了讓大家輕鬆一下，在大空地上辦了營火晚會。大家分組推出節目，有的跳舞，有的演戲，整個晚上笑聲不斷。整體而言，是很成功的一個活動。

因為很成功，大家的感情便像營火一樣熱烈起來。以至於晚會結束後，就寢時間到，還是有一小群人包括我和清惠捨不得睡。於是，我們拉了幾張椅子和一把吉他，就坐在廣場上星光下，邊唱歌邊聊天。

那大概是我大學生涯中最美好的一個晚上。大家無憂無慮，說自己的故事，也看向未來。而未來披著夢幻的色彩，散發青春的氣息，充滿著無限可能。

大家也輪流唱歌。唱王夢麟的〈木棉道〉，唱黃大城的〈漁唱〉，也唱楊芳儀許曉菁的〈秋蟬〉。直到最後有些人體力不支，陸續進到山莊裡睡覺，只留下少數人徹夜未眠。清惠和我就是其中兩個。

那個晚上清惠一直坐在我旁邊，唱歌時我們兩個會對望，但我把自己的聲音壓得低低的，因為我喜歡聽清惠像銀鈴一樣清亮的歌聲。天快亮時，天氣變冷，我們還牽起手擠在一起，靠體熱溫熱彼此。也許是受了熱烈的氣氛感染，也許是恰好有那樣令人陶醉的環境，我有點對清惠著迷。看著她，我突然有種想像，今後可能就跟她走在一起了。

結果事與願違。

下學期開始我被選為班代，忙於課業和系上的活動，所以就少去社團。自然和她見面的機會也減少。到了大二，她轉到另一個校區唸書，我們更沒有機會碰面，只偶而書信往返而已。當時期末營跟著營火燃起的一點愛意，就這樣悄悄逝去。

有時候我也會想，如果當時沒有選上班代，我又願意勤快一點，常跑社團，守候在清惠身旁。我們後來的發展會不會不一樣？但是時間過去了，誰也沒有答案。

結果現在米雪回來了，還是非常吸引人。命運居然給了第二次的機會，我有可能去找到當年的答案。

我約了米雪吃飯，順便聊聊分開這幾年，各自的經歷。雖然隔了那麼多年沒談話，但是毫無滯礙，這幾乎在我心中確定了某些以前不確定的東西。

而後，如果我沒有出門訪客，有空就會約米雪一起吃中飯。週末也約去看電影，去爬山。因為有當年的經歷，復合起來非常容易而順暢，彷彿那段時光其實就是為了今天所準備。

我們的感情進展得很快，一下子就變成男女朋友。再經過一年多交往，就準備要成家。先在民生社區富錦街買了一棟中古屋當新屋，八月結婚。

兩年後的八月，女兒就出生了。初為人父人母的兩個人，感到很高興，又很幸福。晚上我和米雪輪流照看女兒。

某天晚上凌晨四點多米雪叫醒我。輪她去睡，改由我來照顧。那時窗外漆黑，但即將天明，在萬物將要甦醒的寂靜之中，我突然想起依潔當年送我的ＣＤ。決定拿出來聽聽看。我一直沒有足夠的勇氣。這麼多年後，心情終於平靜，我想我已經可以坦然的接受。

我戴上耳機，一面輕搖女兒的小床，一面聽Cat Stevens的〈Morning Has Broken〉。一遍又一遍。聽著輕柔男聲唱著……Praise for the morning（讚美這個清晨）……Praise every morning（每個清晨讚美）……。我內心裡突然起了難以言喻的感動。

我當然知道依潔的用意，只是不願意承認。她希望我忘掉過去，尤其是我們倆的過去，重新開始。她是對的。我看著睡夢中小手輕舞的女兒，是如此美麗。女兒就是我的重新開始。如果我有任何方法可以穿越時空，去告訴依潔，我有了女兒，她一定比誰都還高興。

二零零四年，在我工作剛滿十五年後，決定要離開浦生公司。離開時，小林先生早已經回日本，凱文是部門經理，我是協理。就是原來今井先生的職位。而那些曾經認識的人都不知去向，毫無蹤影。除了艾咪，我猜她應該在北投某個店家的後面過著她的老闆娘生活。

到新公司，工作一年之後，為了慶祝結婚八年，女兒六歲，即將進小學。我請了一天假，利用週日和週一兩天到北海岸翡翠灣的福華飯店渡假。

我和米雪都喜歡海，喜歡看陽光燦爛的天空下，藍色的水花潮來潮去。

第二天早上，我們一家到沙灘上玩水。女兒高興得四處奔跑，有點擔心的媽媽在後面追。我則穩當的躲在太陽遮傘底下，拿著剛買來沒多久的iPod聽音樂，並遠望著兩個心愛女人的迷人身影。感到很滿足，非常美好。

我的音樂多是六零七零年代的美國民歌。信義路那一段時期的熱愛，影響了一輩子。

我當然沒再聽〈Diamonds and Rust〉。有一陣子我蠻喜歡John Denver的歌，喜歡他乾淨的嗓音和清淡的吉他。在這種艷陽天，白花花亮晃晃，應該聽明亮的歌。我聽他的〈Annie’s Song〉。

Come, let me love you
Let me give my life to you
Let me drown in your laughter
Let me die in your arms

我突然想起吉貝。除了沙灘的顏色稍有不同，潮來潮往的海水看起來沒有什麼不一樣。不知道流過這裡的海水，是否也流過當年吉貝的白色沙灘。我的思緒一下子飄向遠方。

Let me lay down beside you
Let me always be with you
Come, let me love you
Come love me again

這首歌我聽過好多遍了。但今天當John Denver唱到「Come love me again」時，突然間讓我有點疑惑。明明是他寫給太太Annie的歌，為什麼要「再愛我一次」。當這幾個字撞進我心裡時，我想到的卻是依潔。於是，我又感到心痛。依潔現在在哪裡呢？我重新開始了，妳知道嗎？我有個漂亮的女兒，完美的家。我們分開後，妳曾經想念我嗎？妳會不會看到像吉貝沙灘一樣閃亮的海水而想到我？我想跟妳說，我很想妳，妳何時可以回到我身邊，再來愛我一次？我閉上眼，努力從記憶深處，重新拉出依潔的模樣。她從二樓公寓的窗口伸出頭來，正在向我招手。正在向我招手的是我們倆共有的過去。我的眼皮裡不自覺地蓄積起淚意。回憶啊，真的令人感到痛苦。

我被人叫醒。

「你怎麼了？」米雪問我。她跑回來我身邊。

「沒有怎樣。只是聽歌，深受感動，如此而已。」我鎮定一下回覆。

「誰的歌啊？」

我把一邊的耳機拿下，放到米雪的右耳裡去。

「這是John Denver的〈Annie's Song〉。」我繼續說：「這是他寫給他太太的情歌，可以說是愛妻之歌。」

米雪聽了一陣子之後跟我說：「這歌很好聽，非常明亮，而且真的會令人感動。」她繼續用她有點甜的撒嬌聲說：「你要繼續愛我，好好愛我喔。」

「那當然。愛妳一輩子。」我迅速地回答。

米雪在我嘴唇上輕吻一下之後，帶著滿意的笑容，轉身回到沙灘上與女兒的追逐。

我的眼睛跟著米雪而去，嘴中不自覺的把剛剛的話複念一遍：「愛妳一輩子。」

「Come love me again（再來愛我）。」

我的心苦苦的，彷彿含了一嘴的海水和砂。

後記

這本書的肇因也是因為一位朋友的死亡。

我在剛開始工作的第一年年尾，和那位女同事一起擔任公司聖誕晚會的主持，因而有些交情。我和她之間不算特別好，也不算壞。但是即使如此，多年後當我聽到她的生命僅止於四十九歲之時，仍然感到震撼不已。

如果我的人生是一幅滿是補丁的長軸，有一小塊是她和我所共有，已經是無可懷疑的事實。她已是我人生的一部分。

我想到過往的這些日子，出現在我生命中的許多臉孔，即使模糊不清，連名字都湊不出來，但他們給我的影響像那位朋友一樣，將永遠不變。謝謝你們願意花時間在我的身旁駐足，在這張長軸上添上一筆。我的人生因你們而完整。我愛你們，每一個人。

這本書講的是一九九零年前後，我剛開始工作時，一個完整的故事。

那幾年對任何人而言都是無比珍貴。從校園踏入社會，是人生真正的開始。我很幸運，不是因為工作多成功，而是這過程中的各種明亮和黑暗的感情，我都經歷過。如果不曾失意，怎麼知道人生順心是多麼的難得。

人生是很奇妙的，以數學的眼光來看，好像是一則變數眾多的不連續函數。變數多到設不完，所以不論你怎麼設定，都沒辦法確保可以得到你所要的結果。而即使這次的結果不錯，也沒辦法保證可以連續下去。函數之所以不連續。

所以，只能去習慣，只能去接受，完全無法預測的人生。

二零一八年之前，我的人生函數從來就沒有吐出「寫小說」這一項啊。但現在對我而言，卻如水之於魚那樣不可或缺的存在。誰想得到呢。

釀小說122　PG2661

雨中的月亮

作　　者　　葉天祥
責任編輯　　楊岱晴
圖文排版　　陳彥妏
封面設計　　劉肇昇

出版策劃　　釀出版
製作發行　　秀威資訊科技股份有限公司
114 台北市內湖區瑞光路76巷65號1樓
電話：+886-2-2796-3638　傳真：+886-2-2796-1377
服務信箱：service@showwe.com.tw
http://www.showwe.com.tw
郵政劃撥　　19563868　戶名：秀威資訊科技股份有限公司
展售門市　　國家書店【松江門市】
104 台北市中山區松江路209號1樓
電話：+886-2-2518-0207　傳真：+886-2-2518-0778
網路訂購　　秀威網路書店：https://store.showwe.tw
國家網路書店：https://www.govbooks.com.tw
法律顧問　　毛國樑　律師
總 經 銷　　聯合發行股份有限公司
231新北市新店區寶橋路235巷6弄6號4F
電話：+886-2-2917-8022　傳真：+886-2-2915-6275

出版日期　　2021年11月　BOD一版
定　　價　　250元

讀者回函卡

Printed in Taiwan

國家圖書館出版品預行編目

雨中的月亮 = Moon in the rain/葉天祥作. --
一版. -- 臺北市 : 釀出版, 2021.11
面 ;　公分. -- (釀小說 ; 122)
BOD版
ISBN 978-986-445-550-8(平裝)

863.57　　110016017